遇见更好的自己

周佳骏　黄双双
著

北京出版集团公司
北京十月文艺出版社

读书就是回家

——麦家

目录 *Contents*

生活，理想

004　假如生活被工作填满

009　你是否把生活过成了垃圾场

015　毕业了，先让自己活得像个人

023　被生活折磨了，才知道自己想要什么

029　学会做减法，才能平衡工作和生活

035　身体被掏空了，该拿什么去填补？

041　这一年，你敢说没有浪费吗？

046　“玩物”的生活没那么“丧”

052　聊聊朋友圈里的生活

057　选择一座城，活出自己的模样

人生，感悟

068 读书和不读书的人生，差别在哪里
075 好好说话，到底有多重要
081 你的微信表情，让人觉得你很有趣
086 懂得经营自己的人，才是最大的赢家
096 女人，要有自己的独立人生
102 比起遗憾，有人更害怕后悔
108 别把坏脾气肆意留给最重要的人
113 来不及，可能只是一个借口
118 美食，承载着我们的情感
124 早点回家，那才是你的终点

浅说，深思

130 高考过后，你还有更长的路要走

136 如果父母也需要考试，很多人会不及格

141 害怕自己突然死去吗?

146 伤害你的人，你可以选择不原谅

152 没有一种爱能被无限透支

156 冷漠，让我们对你说再见

160 自闭症患者，需要我们温柔以待

167 婚姻不应成为明码标价的“交易”

174 我们的岁月静好，因他们的负重前行

谈书，话影

184 从爱因斯坦说起，聊聊天才的另一面

191 十二年磨一剑，他们被赞振兴了中国动漫

198 为了自由，猴子要争个光芒万丈

203 同在“江湖”，却有人身由自己

209 倾一座城给她的爱，也只够活十年八年

215 说出隐藏三十年的秘密，是他对爱的忏悔

223 童年，孩子似乎无法选择

234 一个童话故事，教会你如何直面人生

238 揭开社会深藏的秘密，只需八分钟

243 丧钟由大家一起敲响，也为每个人敲响

251 比肉体侵犯更可怕的是精神歧视

258 撤退，成就了生命的意义

生活，理想

假如生活被工作填满

生活不止是早九晚五，不止是房子和票子。说穿了，生活不止是身体的生活，房子和票子能善待的只是你身体的生活，而我们还有身体之外或者之内的生活，即心灵的生活。

——麦家

阿谷君喜欢看达人秀节目《奇葩说》，被第四季的决赛辩题戳到了，辩题是“假如生活被工作填满了，该不该辞职？”

关于这个问题，阿谷君很纠结，猜想很多人都不能给出确切的回答。面对工作，每个人都有矛盾与挣扎。

在这里，阿谷君和大家分享画家达·芬奇的一段话：

偶尔远离你的工作，给自己放松一下；回来的时候，你的判断会变得更准确。要离开一段距离，当你的工作变得愈来愈渺小时，你便可看清它的全部，任何不和谐和不合比例之处，也就呼之欲出了。

希望你的生活是被自己想要的事物所填满，并且还余有留白。

普鲁斯特说："人们永远不知道自己想要什么，因为人生只有一次，你不能拿什么来比较。"

有些人运气很好，进入了喜欢的行业，做着热爱的工作。对于这样的工作，他们有着一份使命感。也有些人信奉着：如果你没有前几年坚持的能力，就不会有后几年选择的权利。电影《当幸福来敲门》里的男主人公克里斯，为了升职加薪以过上更好的生活，不去饮水机边喝水，不去上厕所，拼命挤出每一分钟时间学习专业知识，最终在竞争激烈的证券公司成为一个专业的投资人。这部影片鼓励了无数在职场打拼的人。

然而，大部分人做着一份谈不上热爱但是需要靠它来维持生计的工作。除了睡觉，几乎所有的时间都贡献给了公司；每天吃的都是外卖，经常要很晚才能吃上饭；多次想过要辞职，在同事的劝说和年终奖的诱惑下，想着熬一熬就过去了……

所以，当你被工作掏空的时候，是不是该看看自己，是不是已经错过了太多？

作家昆德拉的《不能承受的生命之轻》一书里有句话这样写

道："生活时常会让我们感到艰辛，并会让我们无数次地目睹生命在各种重压下的扭曲与变形。"

为了走向更高的地方，我们好像失去了原本的生活。

阿谷君曾经看过《人生遥控器》这部电影，一部催人泪下的喜剧片。男主人公迈可为了工作总是加班，把工作排在生活中的第一位。于是，他总是令孩子失望，令父母失望，每天与妻子争吵，这样的生活让他感到一团糟。偶然的一个机会，他得到了一只神奇的遥控器，这只遥控器不但能遥控家用电器，连他的生活也可以摇控。

一开始他觉得很有趣，他不停地按快进键，生病了快进，下一秒病就好了；与妻子争吵快进，直接跳过吵架，求个耳根清净；为了快点工作，快进，甩掉与家人应酬的时间。

后来他越来越觉得不对劲。

迈可用遥控器快进到他升职的那一天，发现已经是一年后。回到家，他发现孩子已经不再看恐龙故事而改看犯罪现场了，他错过了陪他们看恐龙故事的机会。得知自己最心爱的狗狗已经死了，他十分懊悔没有好好待它。

遥控器变得不受控制了，它开始自动快进。于是，迈可错过了很多，错过了与家人共度的时光，还错失了心爱的女人，甚至错过了老父亲的葬礼，连自己的孩子都不认得了……一切的一切，他都没有机会参与其中。他说加班是为了家庭，为了未来，却忽视了生活本身的意义，忘记了家庭。

MAI TOWN

人们总说没有工作就没有饭吃，没有饭吃就没有任何的家庭幸福可言。但是当工作成为生命中的唯一，那将是多么的悲哀。与家人相处是我们一生中最宝贵的东西。当迈可跳过这些，发现自己已老，他已错过了太多。

后来，他拔掉仪器，躺在雨中对儿子说：家庭才是第一重要的。那一幕，真的很感人。抛弃生活的人，生活也将抛弃他。如果一味朝着目标前行，忽略沿途的风景，当到达了目的地的时候，那里也只会是一片荒芜。

工作，是为了更好的生活，而不是牺牲生活来换取无休无止的工作。两者的关系可能并不是那么容易处理，但不管怎样，需要我们好好平衡。

我们不停地选择，不停地追逐，认为生活中该有的那些快乐在成功之后都能找回来，但其实时间过去了就过去了，再也回不去了。

在这期节目中，蔡康永的发言让阿谷君深有感触。“生活不该被填满，生活之所以填不满，才是它唯一迷人的地方。”

也正如作家麦家曾说的，“生活不止是早九晚五，不止是房子和票子。说穿了，生活不止是身体的生活，房子和票子能善待的只是你身体的生活，而我们还有身体之外或者之内的生活，即心灵的生活。”

你是否把生活过成了垃圾场

是时候该让自己反省，我们的日子需要诗意的滋润和祝福。诗意的生活其实就在我们身边，每天拿出半小时看一本无用的书，或回家和家人吃一顿闲茶淡饭，生活才像生活。

——麦家

阿谷君感觉自己把生活过成了垃圾场。

早上，让朋友帮忙转发一条朋友圈，朋友立即答应了。末了，她提醒我记得平时也要多找她聊聊，说好的见面，已经推迟了半年。阿谷君答应她会的，但最近一直很忙。她说，再忙也不要忘了生活哟。

看着她的话，仔细回想，却发现生活里并未存留下什么。

不知你有没有这样的感受，每天看似都很忙碌，但仍感到虚无。工作没有成就感，生活也乱作一团。似乎被村上春树的“为了生活零售时间和生命，是不会有好结果的”这句话击中，现在不正是在零售自己的时间和生命吗？每天碌碌无为，结果可想而知。

阿谷君的一个朋友，在和她男朋友恋爱长跑七年后分手了。她说，毕业后工作很累，累的时候总想回家，可回到家却发现生活更累，一团糟。想和男朋友去一家新开的餐厅，想去看一部电影，想漫无目的地散步……最后，店已搬迁，电影档期结束，计划始终无法履行。她还说，男朋友回到家总说累，只知道躺在沙发上刷手机，一直刷到深夜。他抱怨怀才不遇，抱怨世界不公平，却又嫌累，不去竞争……“没有时间”成了挡箭牌，时间美其名曰都给了工作，以忙为借口，却把自己能支配的时间拿来虚度。

朋友毅然离开了男朋友。很多人说她矫情，男生忙着工作，忙着打拼事业，只是不能陪你看个电影吃个饭而已，也不至于分手。她说：“懂得时间的人，知道如何安排工作和生活。”

我们仍不懂得如何安排工作和生活。在被时间推着走的年代，几乎每个人都在跟房价、物价赛跑，在加班熬夜、奋笔疾书、拼尽全力，透支全部的时间和精力。然而，工作、生活依旧乱作一团。

二十六岁的姑娘因为加班熬夜患上卵巢癌，四十四岁的创始人兼 CEO 突发心肌梗死去世……每次听到这些消息，都让人震惊、惶恐。然而，之后依旧是麻木的。不知收敛地熬夜，加班，刷手机，刷电脑，好像毒瘾一样，不到深夜，死活都不入睡。健康？睡得晚没什么；死亡？这么远的事有什么好怕的。

我们觉得自己还年轻，百毒不侵。从没有想过，这些慢慢积累的疾病，正一步步吞噬着我们的生命。问了几个朋友，得到的回复是每天都很忙，工作上却依旧一事无成。他们说，忙好像成了一种习惯，什么都忙，自己像是一台机器。因为忙，没有时间吃饭，没有时间睡觉，没有时间和父母打电话，没有时间放松自己。可是，却又肆无忌惮地在各种场合刷手机，吃饭的时候，上厕所的时候，应该入睡的午夜，应该去放松的周末……

我们把熬夜当成习惯，把忙当成借口。

终于，我们把生活过成了垃圾场。

朱光潜先生曾说：

> 做学问，做事业，在人生中都只能算是第二桩事。人生第一桩事是生活。我所谓“生活”是“享受”，是“领略”，是“培养生机”。假若为学问为事业而忘却生活，那种学问和事业在人生中便失其真正意义与价值。

这番话，值得我们深思。我们每天的忙忙碌碌，究竟是有目的还是只是自我安慰，也许只有自己明白。在这个年代，我们好像只有拼尽全力，才有机会过上想要的生活。

小说《简·爱》中有这样一句话，“人的一生肯定会有各种

读书

回家

各样的压力，于是内心总经受着煎熬，但这才是真实的人生。”人生虽如此，但人生的选择和时间的分配却可以自己掌握，权利在自己手中。

别再零售自己的时间和生命了，不如停下来，问问自己，你是真的忙吗？还是为碌碌无为找借口，以此麻木自己？并非所有的事追求快才会有好的效果，作家麦家曾花十一年时间创作小说《解密》，之后又过了十二年，《解密》被翻译成三十三种语言，成为世界现象级畅销书。

有时候正因为慢，才更能看清自己想要什么。

作家李欧梵在《人文六讲》一书中写道：

> 现代人的日常生活应该有快有慢，而不是一味地和时间竞赛。什么叫有快有慢？用音乐的说法就是节奏。如果一首交响曲从头至尾快到底，听后一定喘不过气来，急躁万分。所以一般交响曲都有慢板乐章，而且每个乐章的速度也是有快有慢的，日常生活上的节奏和韵律也应该如此。

因为忙碌而把生活变成垃圾场的人，请抽时间清理清理吧。只有时间和生命都回到自己手中，我们才有更高的效率去完成工作、有更多的精力去追逐梦想。

所以，不要再零售自己的时间和生命了。无论梦想有多大，工作有多忙，请学会把握快和慢的节奏。

毕业了，先让自己活得像个人

在喧嚣的尘世中暂时停下自己匆忙的脚步，倾听一下自己内心的声音，并重新找回自己做梦的权利。这在今天看来似乎不算什么，但最终它也许比什么都重要。

——麦家

每到毕业季，总会想起一个准毕业生的提问：就要毕业了，可以送我一句话吗？

有人回复他：尚未佩妥剑，转眼便江湖；愿历经千帆，归来仍少年。

“归来仍少年”，多让人向往的一句话。

盲目的“拼命”等于慢性自杀

2017 年 6 月，阿谷君看到一条二十六岁麻醉医生猝死的新闻。如果没记错的话，那已经是 2017 年第五次听到类似的悲剧了。二十六岁，花一样的年纪。

朋友圈里，有人发现年轻医生很早之前就开始喊“累”了。

“又一宿没睡。”他的朋友圈里显示。最后一条朋友圈是“黑 + 白 + 黑，下班啦，还活着真好”。谁曾想到，几天过后，鲜活的生命就堕入了永久的黑夜。

熬夜、加班、打鸡血，“拼”似乎成了当下一种积极的文化。拼命压榨自己的时间，告诉自己只要熬过去一切都会好起来，告诉自己没什么大不了，因为自己年轻，一步步把身体逼到极限，觉得自己是超人。

我们太痴迷“拼”的魅力，却不知这往往是低效率的体现。年轻人不需要拼吗？当然需要，但盲目地扎进一潭深水是不行的。

大学刚毕业那会儿，阿谷君和朋友聊天时谈到自己对工作的偏执。朋友说，“你这种想法就像刚学会骑自行车的小孩，为了提高控车水平，恨不得骑上一整天，可短时间内并没有突飞猛进。还不如隔段时间再来练习，反而会有新的突破。”听完这话，阿谷君发现还真是这样。

人生是一次长跑，靠的是厚积薄发。无论是工作还是生活，撑不住了就去睡一觉，再紧急的事情也可以先放一边，钱没了可以再挣，人没了，就什么都没了。

首先要活成一个人，其次是人才

“学霸”并不可怕，可怕的是既懂学习又懂生活的“学霸”，而脱离现实生活的“学霸”无疑是可悲的。阿谷君想到自己的一个超级“学霸”的同学，他从小就被教育要好好学习，当同龄的孩子穿着开裆裤玩泥巴的时候，他已经被灌输了“考第一才是正经事”的观念；当同学们兴致勃勃地讨论最近大火的明星时，他的父母督促着他“单词有没有背”；好不容易迎来暑假，他却被告知已经安排了各种补习班……为了赢在起跑线上，他本该释放天性的童年，被日复一日的竞争和压力填满。他的学习成绩一直很好，名列前茅。但面对社会现实、兴趣爱好、生存能力这些时，他却像个傻子一样一无所知。无疑，他是填鸭式教育下的样板，与社会出现了脱节。

作家刘瑜曾在《已经太晚》里写道：

> 十五岁的时候再得到五岁时热爱的布娃娃，六十五岁时终于有钱买二十五岁时热爱的那条裙子，又有什么意义。

所以，不要为了优秀而丢掉常人的情感、喜好，有些东西用尽余生也无法补救。

如果能重来，就不要那么忙了

如果有后悔药，你最想改变的东西是什么？阿谷君脑海里顿时浮现出访谈节目《看见》里周星驰接受柴静采访的画面，星爷两鬓斑白，那年他五十一岁。他们谈论起家庭，“我现在这个样子，你看还有机会吗？年龄都这么大了，我都害怕说出自己的年龄了。”说到这儿的时候，星爷的表情变得不自然起来，那种无奈投射出来的感伤，让人回想起电影《大话西游》里的场景。那段经典的台词，多年以后却一语成谶：

> 曾经有一份真诚的爱情摆在我的面前，但是我没有珍惜。等到了失去的时候才后悔莫及。尘世间最痛苦的事莫过于此。如果上天可以给我一次机会再来一次的话，我会跟那个女孩说我爱她。如果非要把这份爱加上一个期限，我希望是一万年。

如今，他对婚姻和爱情已经失去了信心，他就像是一个痛苦的孩子。他说，“我觉得是运气不好，假如我可以重来的话，我就不要那么忙了。”

我们都曾忙忙碌碌过，把忙碌当成炫耀，认为忙碌才能赚到钱，却很少反省忙碌背后的意义。最后，因为忙碌，丢了生活也

丢了自己。

一生放浪不羁，爱自由

谁活出了自己？高晓松算一个吧。阿谷君还记得，高晓松来到麦家理想谷，与谷主麦家坐在门庭外闲聊的场景。夕阳、晚风、鸟鸣，高晓松摇着扇子，一副慵懒模样，“这才是过日子！那些钢筋水泥里头的日子，都白活。”

多少人羡慕疯疯癫癫却活出潇洒自我的高晓松。在他那汪洋恣肆匪夷所思的经历中，阿谷君看见的是一个少年对自我的抵死追求。他出生在高知家庭，外公是两院院士，父亲是清华大学教授，母亲是著名教育学家，按他自己的话说，“硕士在我们家基本等同于文盲。”而在这样一个学术氛围下成长的高晓松，却硬是长“歪”成一个整天想着搞创作的音乐人。

他本可以按照父母铺好的路过富足安逸的一生，但他觉得那样活着没意思。他想要的生活是自由、饱满、张扬、热血的。他不顾及他人眼光到天桥弹唱，却被当成流氓被学校保卫处抓起来；到海南搞音乐，回来时因为钱不够，错过了清华开学；为喜欢的姑娘疯狂写歌作曲；微博上晒自己的“盛世美颜”——这些都是他干的事。那些父母光环、偶像包袱对他来说，都不如淋漓尽致活成自己重要。

他好像从不担心活错了，因为每一步都是按照自己的心走。

出走半生，归来仍是少年

如果说高晓松是换了一种方式活出自我的精彩、获得世俗的肯定，那朴树就像是游离在世界之外的人。他不需要别人给他掌声，不需要世俗意义的成功肯定自己，只是纯粹地追求一种精神境界。他似乎告诉人们，一个人也可以活成一个世界，独立于现实的乌烟瘴气之外。

在他最红的时候，他一句“不想假唱”就罢演春晚；一张专辑做了三年，自己不满意就不录了；在郊区租了房子，出门就骑着自己的小破电驴车；别人送的苹果手机被他扔在一边，继续和诺基亚相亲相爱；被骗走了上百万，待人依然满腔热忱……他的赤诚、天真、落伍、格格不入，总让人觉得不可思议。

但是你不能否认，朴树是幸福的。这种幸福不是来自外界赠予的头衔、荣光，而是充盈的自我。

如果人生是一场修行，那朴树一定已是得道高僧。他用自己生活的吉光片羽告诉我们，很多东西从心里放下，很多东西从身上减去，才能活得至情至性至简至乐。

不求深刻，只求简单

想起高三那年看完三毛的《撒哈拉的故事》，满脑子都是那光怪陆离的故事和黄沙满天的奇景。那时候就想：竟有这样的女子，敢把渺小脆弱的生命置于荒蛮广袤的沙漠之上，安适于那些野性原始的生活，竟然还活得那么有声有色。

也许我们也向往着浩瀚沙漠和满天星斗，但是一想到风餐露宿的生活，再浪漫的风景也大打折扣。正因为如此，我们羡慕三毛，却活不成三毛。

在这个世界上，稍微拐个弯就会有截然不同的活法，但大多数人活着只是因为习惯，少数人跳出来挣扎了一下，被打得鼻青脸肿只好又原路返回，活得完全自我的难度系数很高。

那不能被标准定义的感情，不能被批发量产的付出，不能用普世价值一概而论的价值，才是自我。一生的长河中，愿你有一段生命因自我而灿烂。多年以后再回首，不论你选择了安逸还是动荡，简单还是深刻，寻常还是离奇，愿你不憎恶当下的生活，仍有酒可温、有梦可做。

被生活折磨了，才知道自己想要什么

人生无常，苦有常。但是，别害怕苦，不苦的人生肯定不甜。

——麦家

“嗨，还记得我吗？一年前我来过这儿，吃光了你的饼干。咦！我怎么感觉你胖了啊？”

好吧，阿谷君被人说胖了，当时真想说一句“看你的书去吧”，然后甩屁股走人。但仔细一看“出言不逊”的这位姑娘，阿谷君想起来了。

是的，这姑娘一年前吃光了阿谷君的饼干，还哭得惨兮兮的。如今，她整个人看着水灵灵的，眼睛似乎还发着光。

阿谷君问她这一年过得怎么样，她说，“过得不好，简直是苦成狗啊。还真被我爸妈说中了，不靠他们我是得吃苦。但是，

被生活折磨过后，我才知道自己想要什么。”

一年前，这姑娘还不像现在这么水灵，整个一张苦瓜脸。其实，阿谷君到现在都不知道她叫什么名字，不过这好像也不打紧，我们一见如故。在这儿，在麦家理想谷。

一年前，她面临毕业找工作。她高中学的是理科，大学读的是会计专业，但是她极度讨厌数学，会计这个专业也讨厌了整整四年。她的父母希望她考当地的银行，说银行工作稳定，铁饭碗、好找男朋友、好嫁人……她鼓起勇气和他们理论，说自己喜欢画画，可他们不但觉得可笑，还对她说了狠话：不靠我们，以后有你苦头吃的。她气急了，想出去散散心，二话不说去了火车站，买了一张动车票来了杭州。

她来的那天，理想谷的读者不是很多，当时又正好是午休时间，谷里谷外非常安静。她一进门就问“你们有没有吃的”，说得非常轻。前台工作人员温柔地跟她解释：这里没有吃的，只有免费茶饮，可以自助。她泡了一杯咖啡，脸上有点无奈。不知她什么时候看到了阿谷君放在桌子上的饼干，“能不能吃？”她过来轻声问道。阿谷君想她是多久没吃东西了，就点头示意了一下。她在对面坐了下来，只是，阿谷君没有想到的是，她将饼干拿走后，一块都没有留……

她吃着饼干，突然带着哭腔向阿谷君倾诉，“从小到大什么事情都是父母安排好的，读什么专业，走什么样的路，以后嫁什么样的人。可是，我真的不喜欢。我跟他们讲，他们永远不听，永远不理解。小学的时候参加绘画比赛，得了第一名，我高兴地跳着回家，想着终于能得到夸奖。可是，我爸妈却因为我的学习成绩没进前十把我骂得狗血淋头，说我不好好学习，不务正业……长这么大了，我从来没吃过生活的苦，可是，我自己也不懂生活的甜。这些年，我都不知道自己活着是为了什么。有次在火车站，我看到一群背着画桶去参加画画考试的学生，大冬天的，他们的脸冻得通红，却依然能看到他们眼里的笑，他们很快乐……今天早上，我从家里出来，没有吃饭，也忘了带手机，身上只有二百块钱，够来回车票。我不知道去哪儿，这儿是我曾经在朋友圈里看到的，就来了……”

阿谷君听完不知道怎么安慰她才好，只记得当时又把自己的饼干都拿了出来给她。

如果有机会去尝试做自己想做的事，就算被打回原形，起码也不后悔吧……阿谷君后来这么开导她。

一年过后，我们依旧坐在一年前坐过的地方。她给阿谷君带来了樱桃，她说，“后来，我去了一个画室干活儿，没有问家里要钱，也没有报培训班，就一边在画室干活儿一边学习画画。画室的培训班晚上十一点才下课，我也能蹭一蹭。等学生们都走了，我就开始打扫画室，清洗用具，每天都会弄到凌晨一点多。夏天还好，冬天的话，清洗那些用具手都冻麻了。但是，闻着颜料味，我感觉自己幸福感爆棚……”

她一边说着，阿谷君一边听着。现在的她，整个人容光焕发，和之前判若两人。她说在画室的工作其实很苦，但那是自己喜欢的事，有时候被生活折磨折磨，才会知道自己想要什么。人生很短暂，她觉得自己浪费的时间太多了。很多人说她身在福中不知福，可是，她觉得现在的苦就是福。

临走的时候，阿谷君想跟她合个影，结果她一溜烟就跑了，说是要赶一场画展。现在的她，可以把所有时间花在喜欢的事情上。有时候会坐一晚上硬卧，只为去外地看一场画展；有时候会一整天泡在书店，欣赏前人留下的旷世名作……

阿谷君觉得，现在的她不仅体会到了生活的苦，更体会到了生活的甜。

学会做减法，才能平衡工作和生活

生活总是需要我们变得更加平庸一点，但我们又不甘平庸。相对来说，一个平庸的人在面对世俗生活时会更游刃有余一些。可人就是始终处在矛盾当中，一方面想要出类拔萃，一方面又要归于平常，这是很难的。

——麦家

阿谷君曾在作家麦家的文章《请走慢一点，等等身后的灵魂》里看到这样一段话：

当代人精于图谋，却疏于思考，很多问题我们是不问的，因为生活节奏太快，没时间去问。我们总是在不停地往前冲，以为前面有很多好东西在等着我们，其实很多好东西是在我们身后。

当我们拼命地追赶想要的东西时，一定是在给生活做加法。我们不停地往前冲，以为这样才能过上想要的生活。而真正会生活的人，往往懂得给生活做减法。

看淡得失，放慢脚步，这是给生活做减法的方法。学会做减法，才能轻装上阵，更好地拥抱自己想要的生活。

为欲望做减法，会活得更快乐

1997 年上映的德国电影《敲开天堂的门》是一部既荒诞又不失真实、黑色幽默又带着温情的影片，它讲述了两个身患不治之症且性格迥异的人——马丁和鲁迪的故事。

马丁和鲁迪意外得到了一百万美元，于是他们决定，在生命的最后阶段放飞自我，去做一些还没来得及做的事。他们把最想要完成的心愿写了下来：看海；给妈妈买一辆车；跟两个女人睡觉。他们的愿望没有丧心病狂，也没有惊天动地，而是如此真切。他们本以为自己会有很多心愿，结果等写完才发现，原来自己的心愿少得可怜。

后来，他们来到海边，闻到了大海的味道。马丁和鲁迪拎着酒瓶，沙滩，海浪，而马丁倒在了一旁……这一次，鲁迪静静地坐在倒下的马丁身边，他不用再像曾经那样手忙脚乱地去救人了。

因为他知道，此时此刻，他们都实现了最后的愿望。他们不强求再多活一秒。他们看到了大海，在海边敲开了天堂的门。

在生命的最后时刻，他们如此满足，原来自己想要的东西这么简单。就像海明威说的：在一个奢华浪费的年代，我希望能向世界表明，人类真正需要的东西是非常之微少的。

工作中善于做减法，会更高效

我们每天都要处理各种各样的事情，工作、生活、社交……事情繁杂，纵有千头万绪，却不知从何下手。

我们总想拥有更多的时间，总想追求更多的价值，这让我们的身心变得焦虑。这个时候的你，应该学会在工作中做减法。

一支笔，一张纸，给自己五分钟。整理思绪的过程也是清空大脑的过程，放下让你忐忑不安的事情，放下让你惶恐的项目，放下让你不安的未来。就这一秒，什么都不用想，清空自己的脑袋。然后，写下令你不安的事情。

给自己做完减法，清空脑袋之后，你会发现自己的心里像卸下了一箱沉重的货物。学会做减法，让自己专注于最重要的事情，而非做到面面俱到。

李欧梵教授在《人文六讲》一书里写道：

> 做日常公事应该越快越好，譬如每天必须打开计算机检查

邮件，或写公文报告，我尽可能在一天工作快结束时才做，用有限的时间把它处理掉（当然写私人信不在此列）。

所谓效率，并不是凡事都做得快，而是知道如何善用时间；所谓减法，并不是不去做事，而是知道如何把时间用在最值得做的事情上。学会做减法，清理头绪，列出规划，才能在工作中更好地提高效率。

在人际交往中做减法，才能收获真正的友谊

小时候迷恋《三国演义》，那时候羡慕书里武力超强的吕布，"人中吕布，马中赤兔"这句话让人印象深刻。慢慢地，阿谷君发现，被后世称为"武圣"的人并不是武力最强的吕布，而是关羽。

天下之大，并非人人都可结交。而《三国演义》里的吕布则是天下之大，人人都可做朋友，谁势力大就结交谁。吕布的行为是一种令人不堪重负的加法，谁都是你的朋友，但是到最后，谁都不是你真正的朋友，还落得个背信弃义的骂名。

自微信推出查看不常联系的朋友这一新功能，朋友圈简直炸了锅，我们也才发现那些所谓的"朋友"其实早已沉寂。

国外有个著名的"邓巴数字"理论，也叫"150 定律"，说的是人类智力将允许人类拥有稳定社交网络的人数是一百四十八人，四舍五入后大约是一百五十人。翻下你的微信联系人，肯定远不止一百五十人吧？

我们总认为朋友越多越好，可相识满天下，知交能几人？

> 我不再装模作样地拥有很多朋友，而是回到了孤单之中，以真正的我开始了独自的生活。有时我也会因为寂寞而难以忍受空虚的折磨，但我宁愿以这样的方式来维护自己的自尊，也不愿以耻辱为代价去换取那种表面的朋友。

这是作家余华的小说《在细雨中呼喊》里的一段文字，阿谷君觉得正确对待朋友的方式应该如此。所以，学着做做减法，你才会发现真正重要的人是谁。

善于给生活做减法，人生会更富足

1845年，美国作家亨利·戴维·梭罗来到瓦尔登湖，在湖边搭建了一座小木屋，独居了两年多的时间。

他在《瓦尔登湖》里写道：

> 我愿意深深地扎入生活，吮尽生活的骨髓，过得扎实、简单。把一切不属于生活的内容剔除得干净利落，把生活逼到绝处，用最基本的形式，简单，简单，再简单。

他认为生活应该过得简单一点：人生存的必需品应该主要考虑食物、住所、衣服和燃料这四大类。如果再配上几件工具，如一把刀、一柄斧头、一把铁锹和一辆手推车等，就可以过日子了。对于好学之士，添一盏灯、一些文具，再加上几本书，便是一种奢侈和舒适了。这正是他所倡导的简朴、独立、宽宏和信任的生活。

可见，除了基本的生活所需，其他的基本是由于欲望所致。在隐居的这段时间里，梭罗的物质生活过得简单无比，精神上却异常充实富足。

梭罗是善于给生活做减法的人，同时，他也为自己的精神做了加法。

很多时候，我们觉得自己被生活牵着走，是因为我们一直在给生活做加法。我们天真地以为给生活加的东西越多，我们就能得到越多。但结果呢，想要得到的越多，最后失去的也越多。相反，当你给生活做减法的时候，你得到的东西会更多，你的生活也就变得更丰富了。

觉得累了就休息一下，理一理，做做减法，你会获得快乐人生。

身体被掏空了，该拿什么去填补？

几个月前的一天晚上，她下班后无力地回到家，电话在震动，是老爸。但是她很累，不想说一句话。晚上十一点零七分，震动声停了，微信又开始一条接着一条跳出来，上司还在激情飞扬地说着工作的事，没完没了。她瘫在沙发里，整个人都陷进去了。

她毕业两年，在魔都打拼，目前的工作成绩还算可以，但是她付出了几乎所有的时间。身边的不少同学朋友已经结婚生子，父母亲戚也在催着：二十七岁的大姑娘了，还不找个人嫁了的话，就嫁不出去了。

可是，除了工作，她已经很久没有好好地生活：每天都在焦虑中度过，不知道半夜会不会接到一通电话；早上起床，工作群永远闪烁着未读的信息。一天二十四个小时，几乎有十五个小时被工作占据着，吃饭成了凑合，睡眠质量低下，完全没有自己的生活。

闺密约她小聚，她总是没有时间，尽管在同一个城市，她们也是半年才见一次面。她大把大把地掉头发，指甲脱落。生病的时候，医生说她命都快没了，还喊着工作工作，年纪轻轻不能这么玩命。

她不知道自己的生活是怎么了，她每次都安慰自己，熬过这段时间，就可以好好放松。但是，那一天却一直没有来，她的生活总是被各种突如其来的工作任务打断，毫无预兆。

两年下来，她完全像变了一个人。在咖啡馆泡一下午，看一部喜欢的电影，买一件漂亮的衣服，好好地休息一天……对她来说，这些都太奢侈。她感觉身体被彻底掏空了，而且是个无底洞，越来越难填补，越来越不知道该如何填补。

她有些疲惫，意识到自己不能再继续这样的生活。

她是个有计划、有条理的姑娘。大学四年，可以说，她“读了百卷书、行了万里路”，靠着业余时间兼职做英语家教的小收入，她买书、旅行，自食其力地做着自己喜欢的事情。那段时间，她每天开心地学习，愉快地兼职，每天都过得很充实，每天都在享受生活。而反观现在，她觉得自己没有过好当下的生活。

她的父母从未要求过她做出一番多大的大事业，但她仍希望能在自己年轻的时候好好努力，让父母过上更好的生活，所以两年来她才会这么拼。刚毕业的时候，她觉得只要努力工作，未来的生活就不会差到哪去。她一直坚信这一点。她知道年轻的时候太安逸并不是一件好事，可是，她现在却觉得自己失去了对生活的热情，这好像是更恐怖的一件事情。她觉得自己像是泄了气的皮球，在不断地漏气，总有一天会干瘪而亡。

深夜，她终于下决心给上司写离职信。她非常不舍，这两年她学到了很多，为人处世，职业素养，她很感谢拥有这样的一份工作。她一边写着，被掏空的身体好像慢慢地流进了新鲜的血液，变得轻松起来。

这一刻，她对生活有了冲动。

同事们觉得很惊讶：有一份薪水不错的工作，上司同事也待你不错，居然还离职，年轻人就是不踏实。她没有理会他们，因为他们也不理解她。工作没有了可以再找，生活没有了，肯定不会有一份好工作。这是她选择离职的原因，因为她没有了自己的生活。

现在，她有了属于自己的生活，可以到处旅游，有时间学习新的技能，做着自己喜欢的工作。

之前的她，可能是我们身边的人，也可能就是我们自己。

在大城市工作的年轻人，生活压力很大，要买房买车，要结婚生子。我们每天好像有忙不完的工作，时间被工作耗完，身体也被掏空，工作越来越忙碌，生活也越来越随意。最后，身心俱疲。

在身体被掏空的时候，我们总安慰自己：等忙完这阵就好了，到时候再好好放松一下。然后，生活成了一种凑合，作息混乱，饮食不规律，人变成了抱着幻想而活的工作机器。

可是，“到时候”是什么时候？还很远，遥遥无期。

所以，请过好当下的生活，把时间花在有意义的事情上。早一点睡觉，第二天起来的时候好好吃一顿早饭；周末的时候，去看一场自己想看的电影，或健身，或跑步，让自己大汗淋漓，重拾自信满满的身体；放一首音乐，看一本好书，窝在沙发里让自己的心柔软下来；约上好友，喝几杯小酒，吃小巷子里的美食，看身边的风景……这才是生活，属于自己的生活。

如果你也曾感到很累、很忙、很混乱，那不如停下来给自己一次反思的机会，想想接下来的生活要怎么继续。千万不要试图安慰自己，因为一切都会晚，如果有一天身体真的被掏空了，该拿什么去填补？

生活是自己的。累了就睡，想哭的时候就哭，开心了就笑。当下的生活，才是人生的全部。

这一年，你敢说没有浪费吗？

生活大半的意义在于寻找和发现生活的乐处，不用着急着追赶，时间会毫无保留地把未来给你，把年老给你，把智慧给你。

——麦家

2016 年年底的时候，阿谷君收到博叔寄来的明信片。他寄的时候人在北京，阿谷君收到的时候，他已在尼泊尔。

照片是博叔自己拍的，叫《北京一下雪就成了北平》，他在明信片上写道：

送给满满正能量、工作起来不要命的小编大人。希望小编大人工作之余多跑步，多吃美食。人生还是有很多的乐趣。愿大家都没有辜负这一年的美好时光。

这一年的美好时光，你有所辜负吗？

你敢大声说，这一年没有浪费吗？

此刻的你，是不是沉默了……

阿谷君一直觉得博叔是个人生赢家。

二十八岁前，他的人生像一辆直达车，老师满意，父母骄傲，朋友羡慕，旁人忌妒。本科土木，硕士旅游，目前工程管理博士在读，做过外贸，干过石化，当过导游，带着一群黑脸白脸黄脸的人各地游走。现在专职大龄学生党，兼职背包旅行客。得空练字，画几幅小画，大多数时候，都是独自一个人。背着一个大包，带着一台相机，穿梭山川湖海，停留于烟火人家。

这一年，他边走边学，去了十一个城市。在路上，他遇到过想要逃脱职场的小年轻，他们迷茫、困惑、疲惫、一事无成，阿谷君也曾经历他们这些问题。

博叔说，年轻人要学会吃苦，吃得苦中苦，方为人上人。但是，很多时候这个苦吃了，是不是有意义，只有你自己明白。

职场上没有眼泪，也不相信苦劳。

职场上只有功劳才能衡量你的价值。时刻记得提升自我价值，为自己创造价值，为企业创造价值。如果在一个地方只是做杂事，根本没有提升自我的学习机会，这个时候，请停下来思考，思考未来要走的路。

博叔一直是个高效能的人。前两年在大城市和年轻人厮杀，有所得也有所失。他明白，幸运都是努力付出的回报。在职场上，他专注、忍耐、拼搏；在生活上，他随性、自在。

后来，很多人都疑惑，为什么他放弃高薪的职位，又回到学校？他笑笑说，关于生活，理念有两种，有钱有闲是一种，活得简单、心安也是一种。

所有人都觉得他是一个潇洒的人，用他自己的话说，漫漫人生，陪伴自己最多的还是自己，所以要尽力让自己成为一个有点意思的人。他热爱他的工作，所以拼搏。他热爱他的生活，所以努力。也许，只因热爱，才会得到自己想要的自在。

这一年，他去了很多城市，看过很多风景，在路上学会了法语，在路上兼职赚钱。不是每一种人生都金光灿灿，但这样的人生却是他想要的。他说，这一年过得还不错。

《小王子》是他走到哪都会带着的书，它告诉所有的大人，生活才不是生命荒唐的编号，生活的意义在于生活本身。

小泽大学毕业后回到三线小城，找了一份工作。这是她今年换的第二份工作。这一年，对她来说是折腾的。这一年，她也成了别人眼中“不务正业”“不思进取”的人。

第一份工作离职的时候，公司的人力姐姐说，“你这样的人在北上广可怎么活？”小泽非常不理解，难道去了北上广吃苦的人生就是好的？不能承受北上广压力的人生就不好？

她家在三线小城，家境虽说不上富裕，但也还不错。工作后的她从来没拿过父母的钱，靠着自己的工作，交房租，养活自己。还靠着写点小文章，每月收入能多个几百。周末邀上三两好友，下个馆子，喝点小酒，吃点小肉。

她一直不明白那个人力姐姐对她说的话，她不明白为什么一定要去大城市拼搏才算是拼搏，小城市的努力难道就没有意义吗？她也不明白，在小城市生活，人生就浪费了吗？她不想去北上广就是没上进心吗？她不明白，却也不在乎。

因为，她知道这一年自己过得还不错。

虽然工作上折腾了，换了两份工作，但是每一次都有收获。刚毕业的她，工资虽不高，但已经能养活自己了，不用伸手向父母要钱。而且，她每个周末都能回家，都能吃到父母做的饭菜，都能抽出时间陪陪父母。当然，作为文艺女青年，她偶尔也能出去旅个行。总之，她很满意这样的状态。

对了，她说这一年最开心的就是拿到了稿费。那是小钱，别人未必瞧得上，但是积少成多，一年下来，现在能给妈妈买一件不错的衣服了。

这一年，她回到小城市。虽然没有大城市血雨腥风的厮杀，但是，她仍在努力，努力让自己变得更好，努力让自己变得更专业。无论别人怎么说，怎么看，只有她自己知道。她收获满满，她的努力，她的成长。

就像作家麦家说的，生活大半的意义在于寻找和发现生活的乐处，不用着急着追赶，时间会毫无保留地把未来给你，把年老给你，把智慧给你。

嗯，自己的人生，就让自己来定义吧。大城市，或者小城市，只要是你追求的，便是你自己的人生。

你呢？

这一年，你过得怎样？

你有为自己定下的目标而努力吗？

无论是在北上广，还是在小城市，你是否一直在努力，不曾辜负这一年的时光？

很多时候，我们总是过得不如意，生活上一团糟，工作上一事无成。有迷茫的时候，有苟且的时候，被否定，被怀疑。但，如果你还是那个努力向上、生气勃勃的自己，不也是一种成长吗？不也值得鼓掌吗？

就如哲学家尼采说的那样：也许你感觉自己的努力总是徒劳无功，但不必怀疑，你每天都离顶点更进一步。然而最怕的是，你没有任何计划，没有经过思考去努力。那也许都不算是努力，只是看起来很努力。

在每年的年终，回望过去的一年，希望我们都能大声说，自己没有浪费。

“玩物”的生活没那么“丧”

一个不会从生活中寻找并发现乐处的人，生活的意义就丢了大半，这样的人得到的再多其实都是少的。

——麦家

说到“玩物”，我们最熟悉的就是成语“玩物丧志”，指醉心于自己喜好的事物，从而丧失了积极进取的志气。而作家木心曾在《云雀叫了一整天》一书中提到：“玩物丧志，其志小，志大者玩物养志。”

如此惊人之语，让阿谷君想起了一件引发网友激烈讨论的事情：杭州一个十三岁学生因玩《王者荣耀》，被父亲教训后从四楼跳下，造成双腿严重骨折。

不少媒体将《王者荣耀》批判为“精神鸦片”，一阵恶批。

仔细想想，任何事情都有两面，游戏本身是没有错的。只是对于控制力差的人来说，比如那个十三岁的中学生，是他刚好遭遇了《王者荣耀》。

将自身控制力差归咎于外物，其实是一种引导上的缺失。一个人内心不做出真正的改变，就永远只会被牵着鼻子走。这时候他们也有了借口，外界也充当了推手——要怪就怪“物”太迷人。

有句古话这么说：“人无癖不可与交，以其无深情也。”意思是说，如果一个人没有一点自己的小爱好，那这个人一定是非常无趣的，不值得和他交朋友。

鲁迅给人的印象一直是板着张脸，好像看谁都不爽，“横眉冷对千夫指”。然而，就是这么一个严肃的人，却称得上那个年代最会“玩物”的人。

四十三岁的鲁迅看了人生之中的第一部电影，从此便一看不可收拾。1934 年，他看了三十四部电影，平均下来差不多一个月三场。在那个年代，这样的频率简直能称为“电影狂魔”。

鲁迅喜欢给自己设计衣服。1911 年，鲁迅就给自己设计了一件大衣，样式简单，还带暗扣，在当时可谓时髦新潮。

鲁迅还爱养金鱼，后来又特别喜欢养壁虎。现代作家章衣萍在《枕上随笔》一书中写道：“他把壁虎放到一个小盒子里，天天拿东西去喂，喜欢得不得了。”

鲁迅也是个收藏控。他收藏了三千八百多册图书、碑帖，两千一百多幅外国版画，六千多种石刻拓片，被誉为“中国版画收藏第一人”。用我们今天的眼光来看，鲁迅简直是“玩物到家”！

但即便是花费大把时间来“玩物”，鲁迅还是会控制自己，并把自己的本职工作做到最好。就如他自己说的：“生命是以时间为单位的，浪费别人的时间等于谋财害命；浪费自己的时间，等于慢性自杀。”

不浪费时间并不是一味扎在美其名曰的“正经事”上，而是做一些自己真正喜欢的事情，又不沉迷其中。法国昆虫学家法布尔的《昆虫记》很多人都爱看，阿谷君就曾经特别着迷。而说到法布尔本人，他无疑是一个典型的将“玩物”玩成了志向的例子。

法布尔从小就喜欢观察草地上的昆虫，有时候可以一动不动地蹲在草地上观察连续好几个小时，很多大人都觉得他是个“奇怪的孩子”。从学校毕业后，法布尔做了一名中学教师。但比起老师这份工作，他更喜欢做的还是观察各种昆虫，他甚至还经常带领、指导学生去观察昆虫。

1879 年，法布尔搬到了塞西尼翁村，在那里买下了一栋意大利风格的房子和一公顷荒地。虽然这片荒地满是石砾与野草，但是一直盘踞在法布尔心中“拥有一片自己的小天地观察昆虫”的心愿总算是达成了。这一年，《昆虫记》首册出版。随后，法布尔以大约每三年一册的速度于 1907 年完成了全部十册的写作。

法布尔对昆虫的描述既充满童趣又富有诗意，还有一点幽默感。在他的笔下，松树金龟子是“暑天暮色中的点缀，是镶在夏

至天幕上的漂亮首饰”，萤火虫是“从明亮的圆月上游离出来的光点”，他描述步甲“打仗这一职业不利于发展技巧和才能……它除了杀戮外，没有其他特长”，犀粪蜣在他眼里是“忘我劳动……坚持在地下劳作，为了家庭的未来而鞠躬尽瘁……”

法国作家雨果盛赞法布尔为“昆虫世界的荷马”。法布尔晚年时，法国文学界曾多次向诺贝尔文学奖评委推荐他，可惜都未成功。为此，很多人为他抱不平，法布尔本人的回答却云淡风轻：“我工作，是因为其中有乐趣，而不是为了追求荣誉。你们因为我被公众遗忘而愤愤不平，其实，我并不很在乎。”

法布尔的人生选择，也显示出了一种超强的自控力。他从与外界的较量中获得自控，更学会了如何接受相互冲突的自我，并将这些自我融为一体。法布尔在“玩物”中发现了乐趣，将“玩物”玩成了一项事业，并在其中找到了人生的意义。

说到“玩物”，还不能不提那个特别贪吃、贪喝、贪看、贪玩儿的可爱老头儿汪曾祺。

贪吃使汪老流连于各地美食。相信大部分人可能跟阿谷君一样，对汪老的第一印象来自于初中课本里的那篇《端午的鸭蛋》，“能滋出油来的红彤彤的高邮鸭蛋……”

从家乡的鸭蛋到北京的豆汁、湖南的腊肉、江南的马兰头、朔方的手把肉，不管是故乡的野菜还是他乡的菜肴，都成了汪老笔下的家长里短。

汪老还贪喝，喝起酒来从不一口一口抿，而是痛饮，一喝一大口。在西南联大读书时，汪曾祺经常逃课去喝酒。有一次，他大晚上喝醉瘫坐在马路边，沈从文路过瞧见，以为是个生病的难民，仔细一看，居然是汪曾祺！便连忙把他扶回宿舍。还有一次是失恋，汪老两天两夜躺在床上不吃不喝。后来听说有人要请他喝酒，他立马有了精神，从床上蹦了起来。

汪老的女儿在回忆里这样评价父亲，“妈妈高兴的时候，管爸爸叫‘酒仙’，不高兴的时候，又变成了‘酒鬼’。”

汪老还喜欢唱戏,在西南联大时经常唱,后来放弃是因为“牙齿陆续掉光，撒风漏气”。他还爱草木，爱做菜，爱画画……你说还有比汪曾祺更喜欢“玩物”的人吗？还有比他更喜欢创造生活乐趣的人吗？

汪老“玩物”却不丧志，他“玩物”却不被物所束缚。对汪老来说，“玩物”是一种情趣，也是一种生活态度。

不为无益之事，何以遣有涯之生？我们这个时代变化太快，快到我们每个人都被生活拉着走。作家梁文道在《悦己》里面写道:“读一些无用的书，做一些无用的事，花一些无用的时间，都是为了在一切已知之外，保留一个超越自己的机会，人生中一些很了不起的变化，就是来自这种时刻。”在今天这个时代，潜心“玩物”是一件很难做到的事情。但有时候我们真的需要慢下来，用一种“玩物”的心态去生活，去留住时间的流逝，生活其实没有那么“丧”。

聊聊朋友圈里的生活

有许多事情让我们觉得不快乐，其实是因为我们追求的并不是“幸福”，而是“比别人幸福”。

——麦家

每到岁末，打拼了一年的你离自己想要的生活更近了吗？还是在羡慕朋友圈里别人的生活？

有个 1993 年的小伙子，他在大理租下了一家客栈，每天的生活就是晒晒太阳，给院子里的花浇浇水，逗逗自己家的肥猫——大王。大王就是他的大王，端屎把尿，每样都得伺候好。他这样的生活，放在朋友圈里着实令人羡慕。

朋友小柒离职去了大理，就去了这家客栈。在车站，小柒见到了比她小七岁、留着一头鬈发的小伙子，他骑着一辆拉风的小毛驴，而他那只肥猫大王，正傲娇地站在车前面的车篮里，露出王之蔑视。

在回客栈的路上，风呼哧呼哧地从耳边刮过，空气中弥漫着甜甜的好闻味道。这是她在大城市从未感受到的温暖。小伙子对她说，“你待个一周就够了。早点回去过正常生活。”

满心向往大理的小柒完全没有理会小伙子说的话，因为她觉得自己终于过上了在朋友圈看过无数遍的生活。那篇曾在朋友圈被疯转的文章内容是这样的：“有个在大城市工作的姑娘辞去了工作，去大理买下了一个农场，养了一群马儿。她每天的生活看上去是那样令人羡慕，种草、养花、骑车，马儿在自家的草原上飞奔。远离喧嚣，没有无休无止的工作……”

那个时候，她被工作压得喘不过气，在朋友圈看到的都是别人光鲜亮丽的生活。有人到处旅行，有人拍照晒娃，有人升职加薪，有人买房买车……而她在上海奋斗了三年，却依旧一无所有。

有次加班加得凶，她连续七天加班到凌晨两点才休息，最后累倒了。小柒在医院打着点滴，微信里不停地闪出消息，是老板在噼里啪啦地布置工作。她默默地把手机握在手里，发现自己的生活是如此糟糕。后来，她离职了，去了大理。

在大理待了一周后，小柒发现哪里不对劲。她去了那个姑娘开的农场，农场杂草荒芜，遍地是马屎，那姑娘圈养的马，饿得骨瘦如柴。

她也见到了那个传说中的姑娘，那姑娘一副疲惫的样子，说着自己的农场和马圈，有些不耐烦："真是太烦了，每天都要锄草修建，还要天天给马端屎把尿，太累了……"

这并不是第一个打击小柒的地方。在大理，客栈里每天都能见到来自五湖四海的人，而他们并没有活得那般光鲜亮丽。一个到处旅行的背包客，一直没有找到适合停留的家；一个英国老太太，看似时髦富足，却一直和儿子打着官司；一个看似轻松快乐的客栈老板，却因父母离异而无家可归……而他们的朋友圈，有无数条羡慕的评论和赞扬。

大多数人的生活，都不是小柒曾经在朋友圈里看到的。原来，很多人有体面的工作，却并没有过上体面的生活！

她突然开始怀念那个属于自己的生活，尽管它不那么体面。在上海，她有三五好友，能畅聊分享生活；在老家的父母，会不定期地寄给她家乡的特产；她的策划方案，也曾经获得合作伙伴的认可；她还有一群志同道合的跑友，陪她一起挥洒汗水……

那天她刚到大理，不知鬈发小伙子说的"早点回去过正常生活"的意思。经历过后，她才深有体会。

如今，小柒已重新投入到工作中。

她说："我们好像总是在羡慕别人的生活。真正了解别人的生活后，你就会明白，现在的你其实是最好的。大理的阳光很灿烂，空气很好闻，感觉时间过得很慢，但那里并不适合年轻人。年轻人不应该在最值得奋斗的年纪去过想象中的'远方'，这样的生活并不是你真正想要的生活。”

现在，她所理解的生活，是努力变得更好，有能力去拥抱自己喜欢的一切。

阿谷君想起曾经看过的一段视频，内容大致是这样的：

一个小男孩穿着一双破烂的跑鞋，脚指头露在外面。因为没有一双干净整洁的鞋子，他羞于和小伙伴玩耍，独自坐在公园的藤椅上，看着别人奔跑、玩耍。这个时候，一个衣着考究的富人小孩进入了他的视野，那小孩穿着一双漂亮的鞋子，白白的，完好无损。小男孩直勾勾地盯着对方的鞋子，一直盯着。

突然，不可思议的事情发生了，两个小孩的身份发生了对调。那个原本穿着破旧鞋子的小男孩有了富人的身份，他有了一双梦寐以求的完好的漂亮鞋子。而那个富人小孩，破烂跑鞋穿在了他的脚上，他在公园里奔跑、蹦跳，还发出一阵阵欢乐的笑声，穿在他脚上的破烂球鞋丝毫不影响他的欢乐。而之前那个梦想拥有完好鞋子的小男孩，穿着完好的鞋子坐在轮椅上不能动弹，依然只是看着别人奔跑……

原来，富人小孩拥有一双完好的鞋子，却没有奔跑的能力。

我们常常陷入穿破球鞋的思维里，总觉得当下的生活就是苟且，那遥远的远方，才是心中真正想要的生活。

香奈儿品牌创始人可可·香奈儿曾说："我的生活不曾取悦我，所以我创造了自己的生活。"是的，别人的生活是别人的，你无法知道朋友圈背后的辛酸故事；自己的生活是自己的，它看上去也许不光鲜亮丽，但留有的温度，冷暖自知。

选择一座城，活出自己的模样

远离城市的喧嚣，与友人结伴读书、爬山、喝茶、聊文学……突然发现，在这个时代极端的、迅猛的、皮包骨头的进步中，如果没有诗意的滋润和祝福，人与机器或许将越来越难有区别。

——麦家

“不知道是我忘了关水龙头，还是房子越来越有感情。我一直以为它是最坚强的，没想到它哭得最厉害。一个人哭，你只需要给他一包纸巾，可是一个房子哭，你可要花很多工夫。”

当大家都在谈论北上广的住房限购政策的时候，阿谷君脑子里冒出来的却是电影《重庆森林》里警员663的这段独白。电影里的香港没有森林，年轻的警察663每天独来独往，他的同事阿武也很孤独，失恋后习惯每天买一罐5月1日到期的凤梨罐头……

不知为何，阿谷君突然觉得，那些每天在大城市钢筋丛林里奔波的年轻人，就像无数个 663 和阿武一样，内心住着一只孤独的猫。

关于北上广的话题，网上的讨论实在太多：北上广不相信眼泪、北上广依旧相信爱情、逃离北上广……累不累？阿谷君生活在美丽的杭州，身处因冯小刚电影《非诚勿扰》而名声大噪的杭州西溪湿地，四季风景变幻迥异，美轮美奂。

世界那么大，美丽而有故事的地方太多了。

分别总是在九月　回忆是思念的愁
深秋嫩绿的垂柳　亲吻着我额头
在那座阴雨的小城里　我从未忘记你
成都　带不走的　只有你
和我在成都的街头走一走
直到所有的灯都熄灭了也不停留
你会挽着我的衣袖　我会把手揣进裤兜
走到玉林路的尽头　坐在小酒馆的门口

一首愁肠百结的《成都》，不仅唱红了赵雷，还给原本闲适自在的成都添了几分伤感，好像随便那么走一走，就可以邂逅一场浪漫的爱情。

就城市而言，何止一个成都让人向往呢！还记得那首曾被摇滚青年传唱的歌曲《回到拉萨》吗？阿谷君曾在大雪纷飞的拉萨见到人到中年的摇滚歌手郑钧在布达拉宫广场声嘶力竭地唱起这首歌。在已经是年轻人纷纷奔向大城市打拼的年代，心心念念“回到拉萨”的那拨文艺中年们，也大多在大城市安家落户、成家生子，过得老怀安慰。

想得更远些，还有一个地方叫德令哈，如果你熟悉海子，那肯定知道这个地方。诗人海子已经离开了我们，他青春的记忆与灵感也早已在山海关冰冷的铁轨上魂飞魄散，大概也想不到那句“面朝大海，春暖花开”后来会被用到极致而失了原本寓意，成为都市人向往诗和远方的一句庸俗口号。而德令哈，这座柴达木盆地东北边缘的小城，这个蒙古语意为“金色的世界”的地方，成了那些迷恋过海子的人们心头永远的痛。

而近几年文艺人士蜂拥神往的大理，也早已失去了最初的悠然与宁静。安妮宝贝的小说《莲花》里，庆昭最后和曾经陌生的宋一起隐居大理，有了孩子，洗净内心苍凉，平静地过上村妇生活。在作者眼中，庆昭是这样的：

> 我看到一个女子，穿着和当地人无异的斜襟盘扣上衣，洗得发旧的深绿碎花棉布，手制绣花鞋。盘越南髻，戴一只式样复杂的银镯。皮肤粗黑，没有任何化妆。身边倒是非常热闹。撑着一把伞，伞下是个模样精乖的幼童男孩，一只金黄色大狗蹲在身边。她刚刚把一筐苹果搬到车子的后座，支起身在雨中给自己点了一根烟。

朋友说，庆昭，今天过来买菜吗？他的神情对她很尊重。

她说，是。她的声音很轻，眼睛看起来镇定沉着，但笑起来的时候，却又有一种孩子般的天真羞涩。很难当下感觉到她的真实性情。

十多年前的大理，真的是世外桃源。阿谷君曾在大理每天睡到日上三竿，醒来后坐在洋人街的一线天酒吧，或者漫无目的地巡街。初夏的午后日光强烈，小街上几乎不见人影，一副昏昏欲睡的样子，只有懒散的猫猫狗狗路过，或者难得有几个穿麻布衣衫的青年走过，在石板路上留下夹趾凉拖鞋的拖沓声，飘过若隐若现的烟味。苍山洱海脚下，更是人烟稀少，那种空阔，衬得苍山的黛色愈发浓郁，洱海的蔚蓝也更加清湛。好像那完美的颜色，就是为忠贞的爱情而生，不容亵渎。

那时候也有不少从北上广去大理的精英分子或前卫人士，喜欢凑局，谈论些艺术话题。不过离开大都市的原因，倒没听说与房子有太多关系。他们多半不愁吃喝，小有富余，去大理是时髦的事，是追求精神家园。

如果离开北上广，你更想生活在哪里呢？不知道生于理想、死于欲望的当代人想去的地方是哪里，阿谷君只想站在一个文艺的角度聊发感慨。

如果是在中国，阿谷君喜欢香港。冬天，圣诞节的气氛总是浓郁温暖香喷喷；夏天，挂风球的日子，维港上空的乌云像电影画面一样诡谲而令人遐想。还有铜锣湾永远拥挤的人群，便于盲人过马路会“叮叮”督促的信号灯，开往那个有十二少和如花悲情故事的石塘咀的有轨电车，海风吹拂下的文化中心里的各种展览电影……香港从不会让孤单的你寂寞。

若是放眼世界，那当然是巴黎了！在每个文学爱好者心里，都憧憬过那场“流动的盛宴”。海明威在《流动的盛宴》一书里写道：

> 假如你有幸年轻时在巴黎生活过，那么你此后一生中不论去到哪里她都与你同在，因为巴黎是“一席流动的盛宴”。

20世纪20年代被称为法国现代文学史上的“痴狂岁月”，那个时候的巴黎，文艺人士趋之若鹜。一拨又一拨心怀文学梦、电影梦的前卫激进人士涌入左岸，流连于花都浪漫、激情、喧闹的氛围，谁都想以才情一鸣惊人，在塞纳河畔谱写属于自己的人生传奇。

那时，二十岁出头的海明威作为记者派驻于此，每天与文化名流交集，可想他有多么激动和兴奋。他的心情估计跟电影《午夜巴黎》里穿越到巴黎的好莱坞编剧吉尔一样，充满好奇与渴望，澎湃心潮难以遏制。在巴黎的六年时间里，自视甚高也渴望成名的海明威作诗、写书，与大自己八岁的妻子哈德莉·理察逊上演着爱恨情仇的戏码，折腾出两次婚姻，还写出了名留青史的小说

《太阳照常升起》……

四十年后，他终于将那段美好记忆结集为《流动的盛宴》，回味都显得如此甜蜜美好。“虽嫌贫寒，但有好书读，有好饭吃，有好事忙，真如得了座大宝库一般。”而隔着悠长岁月和万水千山的我们只能痴望幻想，通过书和影像，捕捉诗坛教父埃兹拉·庞德、英国著名诗人托马斯·斯特尔那斯·艾略特、英年早逝的菲茨杰拉德、毒舌评论家葛特路德·斯坦因、“意识流”小说大师詹姆斯·乔伊斯、超现实主义艺术家萨尔瓦多·达利、西班牙电影大师布努埃尔这些传奇人物惊鸿一瞥的光芒。

当天使折翼于凡间，现实必定残酷不适。阿谷君曾在某个冬季逗留巴黎，迎着猎猎寒风乘塞纳河游船经过魂牵梦萦的新桥，瞻仰卡拉克斯与朱丽叶·比诺什经典之作《新桥恋人》的旧址，艺术爱好者趋之若鹜的卢浮宫、凡尔赛宫、奥赛美术馆，还有，传说中不朽的莎士比亚书店……如果可以，谁不想生活在巴黎呢！就像诺贝尔文学奖得主略萨感慨的：“那时我的梦想是能离开秘鲁到欧洲去，特别是到巴黎去。很多有文学天赋、有艺术才能的年轻人，都梦想着能到巴黎去，巴黎给人的感觉是艺术、文学的殿堂。”这位大师曾在巴黎一住就是七年，这段宝贵经历也让他发现了拉丁美洲的神奇！

有了逃离的念头，内心必然充满焦虑与彷徨。当我们谈论逃离北上广的时候，我们真正关心或抱怨的，其实并不是高昂的房价、糟糕的空气、拥堵混乱的交通、充满争斗的职场、冷漠的人际关系……实际上，这些问题在二、三线城市同样存在。

在阿谷君看来，北上广的话题太多了，也毫不文艺了。有句话叫“心安即是家”，怪就怪在人们心里都住着一个不安分的恶魔，得到一样还想要另一样，欲望穷无止境，痛苦便堆积越多。

每一个离开故乡去大城市打拼的人，几乎都有一颗彷徨的心。但是，生活总是不够完美，故乡常常变成一个回不去的思念情结，一个忧愁符号。人有情感，所以左顾右盼，舍不得放下。留在北上广也好，离开北上广也好，这只关乎个人选择。你真正在乎的是什么？是追求精神家园的富足，还是物质生活的优渥，或是简单到仅仅为了活着？

人总是向往美好的，美好的事物，美好的地方。只是，选择大城市与否没有对错，你可以离开，也可以留下。无论是大城市还是小地方，阿谷君只是希望每个人都能过得更好，都能在自己待的城市活出自己的模样。

BRITISH
苏曼殊情传
宗庆后
战火

人生，感悟

青鸟故事集
李敬泽
江南书
苏曼殊情传
金融战国时代
太湖传
宗庆后

太平间里的恶魔
梦里水乡

读书和不读书的人生，差别在哪里

挣钱再多全在身外，读书再少都在心里。那些坚持读书的人，心一定是饱满生动的，最终也会获得自己想要的人生。

——麦家

电视剧《欢乐颂 2》的开播拯救了一大波剧荒的观众，剧中那五位个性鲜明又风格迥异的女性后来都怎么样了，阿谷君和大家一样，都迫不及待地想知道。

在第一集中，安迪去度假了。阿谷君没在意她换了几套衣服，却观察到她戴着一顶宽边草帽在看一本名叫《泰国随记》的书。书的内容是一些泰国奇闻逸事的图文漫谈，这也符合安迪这个角色冷静自制的人物设定。阿谷君觉得，估计没有人会不欣赏安迪那种从内而外散发魅力的女人吧。

如此富有魅力的女人，着实让人想探寻她的魅力从何而来。或许，细心的观众早已从安迪一屋子摆满书籍的架子上找到了答案。

我们先来看看另外四位在读书这件事上都有什么差别。

邱莹莹，失恋的时候一个劲儿地在鸡汤励志类书籍中寻找安慰。曲筱绡，曾在美国留学，但英文水平一般，当赵医生谈起弗洛伊德的时候，她一无所知。关雎尔，阿谷君觉得她看的都是些正儿八经的书，因为在谈论王小波的时候，她居然会脸红害臊。樊胜美，每天为一堆破事忙得焦头烂额，阿谷君没找到她看书的镜头。

对比过后我们不难发现，读书对一个人的生活习惯和思维方式带来了多大的改变。其他四位在遇到问题的时候总是向安迪求助，爱看书的安迪似乎成了一个无所不能的人。安迪偏爱逻辑、科学类的书籍，所以她能在故事中借鉴经验，在生活中解决问题。

读书带给人的改变虽然是潜移默化的，润物细无声，但如果长期坚持，也是非常明显的。

作家三毛在《送你一匹马》里有这样一段：

读书多了，容颜自然改变，许多时候，自己可能以为许多看过的书籍都成了过眼云烟，不复记忆，其实它们仍是潜在的。在气质里，在谈吐上，在胸襟的无涯，当然也可能显露在生活和文字里。

这句话，用在主持人董卿身上再合适不过了。在大型文化情感类节目《朗读者》中，董卿出口成章，唐诗宋词信手拈来，名人名言俯拾可得。优雅的谈吐自然流溢，清丽的仪态自成高格，可见她是个爱读书的人。

在人群中，气质非凡的人总是能被一眼认出来。这气质是涵养，是学识，是其所读之书共同浇灌出来的。

法国电影《与玛格丽特共度的午后》讲述的就是这样一位爱读书、气质非凡的老太太。

九十五岁的主人公玛格丽特住在养老院里，除了工作外，她一生的时间几乎都是用来阅读和周游世界。对她来说，读书就像呼吸一样存在。

她真是位优雅的老太太：碎花裙粉色羊绒开衫，精致的别针，花型的珍珠耳钉，永远梳得非常整齐的头发，仔细描绘的口红，还有她那只每次出场都会带着的、令阿谷君垂涎的酒红色包包……

一天，邋遢落魄的中年男人查尔曼在公园里遇到了一边养着鸽子一边读小说的玛格丽特。有了这次邂逅，查尔曼从此把午后的时间交给了玛格丽特的阅读。玛格丽特用温柔的文字慢慢击穿查尔曼的心房，让这个中年男人慢慢得到了类似母亲的温馨关怀。而查尔曼，也从作家加缪以象征手法写出的哲理小说《鼠疫》中发现了书的魔力，逐渐学会了思考生活中的点点滴滴。

电影里，当老太太耐心温柔地念出书里文字的时候，阿谷君真的是如痴如醉，完全被这位优雅的老太太迷住。在老太太的感染下，查尔曼也开始阅读，在读书的过程中，他发现从小就伴随自己的不聪明的自卑慢慢不见了，阅读让他找到了灵魂的归宿。他一如既往地友善待人，且因为阅读，生活变得更加充实，邋遢的形象改变了，也逐渐受到周围人的尊重。

因为读书而相遇相知，多么浪漫的故事啊！

很多人都想通过读书提升自己、出人头地，但面对现实的生活，他们感叹读书没用了。

他们说读书已经不重要了，权贵们坐享其成，不用努力就可以站在金字塔尖。想要改变命运而发愤读书的年轻人们，似乎找不到坚持的理由了。

读书无用论，这是不读书的人捏造的歪理，它片面、短视。读书到底有什么用？不读书的人是无法明白的。

阿谷君想到两位专注拍摄中产阶级知识分子的导演，他们是美国的伍迪·艾伦、法国的侯麦。两位大导演的电影总是给人极度话痨的感觉，因为片中人物讨论的大都是数学、哲学、道德、艺术、自由意志等方面的学术问题，难免会让一些观众感到枯燥。

也有人这样评价：“我们也许不需要得到太多，不过看了他的电影，你不一定会了解亚里士多德和柏拉图，但会成为训练有素的世界级鸡尾酒哲学家，就像他电影中所嘲弄的狼狈对象一样，在各种场合中显得博闻广识、通晓掌故、妙语连珠——在这种镜花水月的痴人说梦中自我陶醉。”

之所以提到这两位导演，阿谷君想要说的是，有意思的人总是在讨论有意思的东西，并吸引有意思的人关注。

美国社交类问答网站 Quora 上有这样一个问题：

我读过很多书，但是大部分都忘了，那么读书的意义何在？

下面这段打比方的回答获得了最高票数：

当我还是个孩子，我吃了很多食物。它们大部分早都消失了遗忘了，但其中一些肯定已经成为了我所有的骨头和肉。阅读对于大脑也是一样的。

读书是一种思考与认知，它无法为你带来直接的财富提升，却能帮助你更好地了解这个世界。我们常说知识改变命运，实则是知识改变了你对整个世界的认知、对每件事的认识。

词作家林夕曾说他是一个七分理性、三分感性的人，那时候阿谷君不明白，能写出如此优美歌词的人居然是理性占了上风。后来才知道，林夕每天的绝大部分时间都在阅读，读报纸、读文学、读佛理哲学。

爱心義賣區
名家签名书、明信片、手写本
微信公众号
给孩子的截句
丑丑的尘事
暗算 麦家作品
风声 麦家作品
好好读书
麦家 解密
最后一个工厂
世事如常

真正觉得在读书中能获益的人，只会觉得自己书读得太少。书不会拒绝任何人，读书是一件公平的事情，在岁月的流逝中，它会把最美好的运气融进你的生命中。

如今，获取知识的途径有很多。科技在发展，阅读方式也在改变和丰富，“书”有了更多的含义，不仅包括传统纸质书，还有当下时髦的电子书。在人人兜里都揣着智能手机的时代，手机阅读或者说移动阅读已经成了年轻人的标配，阿谷君就下载了最爱的“咪咕阅读”手机 App。在上下班的路上，在零碎的生活片段，在某些读纸书不是太方便的时候，“咪咕阅读”就成了阿谷君的移动图书馆，而且它的图书资源还非常丰富，可以说应有尽有。

读书和不读书的人生究竟差在哪儿呢？似乎无法说清，但阿谷君觉得杨绛先生说过的一句话可以诠释读书的意义：

> 年轻的时候以为不读书不足以了解人生，直到后来才发现如果不了解人生，是读不懂书的。读书的意义大概就是用生活所感去读书，用读书所得去生活吧。

好好说话，到底有多重要

改变一个人有时候就是一句话，一夜之间，一念之间。

——麦家

“说话”是什么？在林语堂先生那里，说话是一门艺术；在郭德纲的相声里，它成了民间曲艺；在卡耐基的成功学里，它是一种工具。

在人与人的接触中，说话是最能直接表现人自身素养的方式。但现在的问题是，会讲段子的人太多，能好好说话的人却太少。

什么叫作好好说话呢？

说起来很简单，就是在恰当的时机对恰当的人说出恰当的话。但是，要真正达到这一效果和境界，其实很不简单。

我们生活中面对的大部分问题，其实可以归结为“说话”的问题。没有人是一座孤岛，在这个时代，我们没有办法脱离社会好好生存下去。

所以，学会好好说话，也就意味着你离美好生活更近了一步。

懂得好好和家人说话，可以让家庭生活更融洽。看看下面的对话：

妈妈：这周回家吗？

孩子：不回家！

妈妈：好几周不回家，我发现你真是忙晕了，也不知道给家里打个电话，我还提前给你留了你最爱吃的菜……

孩子：我早说我开学挺忙的，你自己吃吧，谁让你给我留了？

妈妈：……

这样的对话是不是很熟悉？我们总觉得家人应该包容自己，却不曾想过，他们也会被我们脱口而出的带刺话语伤害。如果被伤害得太多，亲密关系也将永远留下阴影，无法修补。

父母当然也需要懂得如何好好说话。如果对话中的妈妈这么说，“妈妈想你了，特地给你做了好吃的，这周回家吗？”如果孩子听到这样一句话，他应该会非常感动，而且还会心怀歉意，就可能每个周末都抽空回家陪父母吃顿饭。

你看，言语稍微柔和一点，我们就可以避免对亲人的无形伤害。同样的语义，以礼貌、温和、留有余地、为对方着想的方式说出来，对方收获的将是你的体贴和关心。反之，用简单粗暴甚至带人身攻击的方式说出来，对方则很可能气急败坏，无法接受。

好好和家人说话到底有多重要，其道理不言而喻。那些不幸福的家庭，他们的不幸福通常是由不好好说话开始的。而懂得好好说话的家庭，往往特别幸福，夫妻同心，孩子在和睦友善的环境里快乐成长。

任何人都不能以爱的名义去限制他人的自由，无论朋友、爱人、父母。有人常说，家是讲情不讲理的地方，阿谷君觉得，即便是最熟悉的人，也不能忽视最基本的道理。家也需要讲“理”，用温柔的方式表达，这样的家才最温馨。

有没有发现，生意做得越大的人，待人越是客客气气，而急于求进的小商小贩，往往为了蝇头小利争得面红耳赤。职场上懂得好好说话的人，多半能在工作中如鱼得水。如何从职场菜鸟变成商业精英，做到“好好说话”尤为重要。

比如在电梯间遇到你的领导，他随口问你最近工作怎么样，你该如何回答？如果你不过脑子蹦出三个字“就这样”，那领导也只会觉得你是个就那样的人；或者急于表功：最近超级忙，每天都加班到九、十点钟，为了这个项目真是焦头烂额；也还可能这样回答：领导你好，我上午做了财务出纳表，中午去销售大会的场地看看，下午统计表格……

上面的回答都存在些问题，第一个回答会让领导觉得你工作散漫，第二个回答显得你能力不够，第三个回答则让人觉得你没有逻辑能力。

职场上，失之一语，差之千里。

很多人都知道黄执中，他是达人秀节目《奇葩说》第三季的“奇葩之王”，他算是一个非常会说话的人。他曾在口才培训节目《好好说话》中问听众：“为什么很多人跟他人谈判，虽然也曾不断坚持自己的观点，却最终失败？原因是很多人习惯不断小步让利，这往往会让对方欲壑难填，不断试探底线，且越让越多。”

人要有自己的底线，以一个最优雅的姿态与谈判者周旋，可能你就赢了。

好好说话，还可能会产生超出预期的结果。

这里要说说“烛之武退秦师”的故事。春秋时期，秦晋联军要攻打郑国，那时候郑国上下都不知道该如何应对。最后，郑王不得不请出老将烛之武亲自去一趟秦国。烛之武对秦军统帅动之以情，晓之以理，凭着三寸不烂之舌，最终说服秦国统帅退兵。

不费一兵一卒，烛之武一人就把泱泱大军说退了，这是什么样的威力呢？会说话的威力！难怪南朝文学评论家刘勰在其著作《文心雕龙》里这样感叹，“一人之辨，重于九鼎之宝；三寸之舌，强于百万之师。”

好好说话是一种能力，可惜好多人都缺乏。于是，“会说话”的人便脱颖而出。

比如蔡康永。其说话之道已经不仅仅是一种技巧，而是一门技术了。他说，“我的说话之道，就是把你放在心上。”

蔡康永就是这样一个时刻都把别人放在心上的人。他很会讲话，却全然看不出圆滑二字。主持节目的时候，他和小 S 配合得天衣无缝，从不抢嘉宾风头。就算是做访问，每个采访过他的记者都能得到妙语连珠的回答。

蔡康永的说话之道，得益于其幼年受到的良好教育，来源于他读过的书、走过的路、多年职业生涯的积累。他深深知道把别人放在心上的重要性。小 S 这样评价，“跟康永哥聊天绝对不会被刺伤，还会被他附带的一两句小夸奖逗得心花怒放，但又觉得那么真诚，不滑头，让人不爱都难！”

再比如黄渤，这个几乎零差评的男人。都说智慧是一个男人最高级的性感，用在黄渤身上真是再贴切不过了。

黄渤的说话之道，一是敢于放下面子，主动自嘲。黄渤有次参加台湾综艺节目《康熙来了》，小 S 说黄渤长得“很特殊”，他回答说，“一开始挺婉约，后来就抽象了！”如此幽默的黄渤，让犀利的小 S 都佩服万分。二是懂得如何调动气氛，拿旁边好友开涮。在宣传电影《亲爱的》时，黄渤被问及海报上为何只有他闭眼，黄渤先是自黑：“主要是我睁着眼和闭着眼，也没什么区别……”接着还不忘黑张译，“我可没有张译老师那么勇敢，虽然就那么一点，还努力睁着。”三是反应速度极快。网上有个流传很广的段子，黄渤参加一个颁奖典礼，与颁奖人发生了如下对话：

颁奖人："马云说过一句名言，我以为是说给他自己的。我发现那句名言同样适合于黄渤，你知道那句名言是什么吗？"

黄渤："我还真不知道。"

颁奖人："马云说，男人的长相和他的才华往往成反比，我不知道你怎么看这句话？"

黄渤脱口而出："我相信这句话也一直激励着您。"

黄渤这一回答，台下一片掌声。人情练达即文章。黄渤似乎从来不会跟别人红脸，面对千奇百怪的刁难，他总能从容不迫。

你说什么样子的话，决定了你要扮演什么样的人。说话的风格，往往是别人记起你最快捷的途径。不管你的说话风格是幽默，还是沉稳，我们都需要继续修炼说话之道。

这个世界都爱好好说话的人。

你的微信表情，让人觉得你很有趣

读书成了唯一的乐趣，一个生性无趣的人往往会迷爱有趣的书。

——麦家

在手机不离手、微信不离眼的时代，越来越多的微信表情出现了。它们有趣又可爱，让原本冷漠的对话焕发了生机，趣味十足。是啊，人总是希望自己的生活充满趣味，希望自己是一个有趣的人，并遇见一些有趣的人和事。

那天阿谷君被领导批评了，心情有点郁闷。坐在电脑前，看见微信的小图标一直闪个不停，打开后发现，是刚认识不久的一个微信小编。她发了一个偷偷躲在门边的表情，问是否能转载麦家理想谷的文章。阿谷君当时情绪真的很低落，不怎么想理她，只回复了她一个“好”。后来，过了很久她回复了一个一脸抱歉的表情，说，“不好意思，刚刚被领导骂了。”随后，她发了一个超级乐呵的表情。“被骂了还这么开心？”阿谷君问道。她说，“我才刚毕业呢，被骂表示公司对我是有期望的。当然，我不能在同一件事情上被骂两次。”说完，她发了个在水上飞翔的表情。

虽然隔着电脑，但阿谷君感觉这个姑娘很可爱。现如今很多工作都是在网上进行对接的，认识多年的两个人，身处不同的城市，很可能从未见过面，网络就成了他们唯一感知对方的途径。

随后，我们聊起那些让人茶饭不思的文案，我们各自吐槽，又相互打气。末了，她发了一个小人推便便的“接招”表情，“让那些坏情绪都去吃便便，咱们不能被这些玩意儿打倒，加油！”看着这逗人的表情，阿谷君心情突然好转了。和这个姑娘认识没几天，但是她满满的正能量却让阿谷君心暖。那些飞扬的表情，那些简单温暖的话，你会感觉对方是一个有趣、有温度的人。

微信表情可以避免把事情弄得尴尬。

一个做人力资源的姐姐对阿谷君抱怨，她们公司有几个新人动不动就给她发一大串语音信息，满屏的语音条，没有任何表情和文字，“哪怕是给我留下一个害羞、抱歉或打扰的表情，我都不会那么觉得索然无味。”

她说起了职场中的一些注意事项。在与人沟通的过程中，不要毫无征兆地给对方发一大串语音，对方很可能措手不及。这种做法，自己是方便了，却给对方造成了不便。如果是重要的工作，对方还得再三去听语音，这就给对方增加了不必要的工作负担。如果是不重要的工作，发语音时不妨再发几个适当的表情包，让人知道你其实是个懂分寸的人，是个有趣的人，大多数人是愿意和有趣的人交流的。

她接着说，有些新人就很讨巧，在刚接触的时候，他会发一个比较可爱的表情，让人感觉他是有礼貌的，又不是那么呆板，愿意和同事交流。作为年轻人，有不懂的地方很正常，大可以大方地去请教别人。如果总是害羞，不懂又不敢问，在微信上问“在吗”，然后发个尴尬的表情，对方看到了才会觉得莫名地尴尬呢。答复“在了”之后，人却消失了，半天不回复。这么一来一去，实在无法想象对方会是个有趣的人。

在王小波《沉默的大多数》里有这样一句话：“我活在世上，无非想要明白些道理，遇见些有趣的事。”我们都希望自己是一个有趣的人，也希望遇见有趣的人。工作上的一个小细节，聊天时的一个小表情，都有可能成就一次有趣的对谈。

阿谷君的表弟曾经喜欢上了一个姑娘，他俩是高中同学，但是大学不在同一个城市。他说自己不知道要怎么和女生聊天，尽管很喜欢对方。阿谷君问表弟你们平时聊些什么内容，他把聊天记录发了过来：

表弟：早饭吃了吗？

姑娘：吃了。

表弟：今天都什么课啊？

姑娘：外国文学，港台文学。

表弟：哦（尴尬的表情），这些我不懂。

姑娘：你们计算机的东西我也不懂，不过学计算机的都很厉害。

表弟：还好还好（尴尬的表情）。

看完之后，阿谷君真的一点都没看出来表弟喜欢这个姑娘，反而感觉他还有点嫌弃人家。就是这几个尴尬的表情，瞬间把天聊死了。阿谷君告诉表弟，别人还能搭理你，已经很不错了。表弟很苦恼，他不知道什么话该说什么话不该说，更摸不着什么话能哄女孩子开心。

阿谷君后来跟表弟说，你明明是个有趣的人，你生活中的样子就是最真实的你。如果你畏畏缩缩，那别人在没有认清你的时候就会把你否定了。你要勇敢一点，和她聊一些有趣的东西。

朱光潜先生在《给青年的十二封信》一书里说过这样一段话：

我生平不怕呆人，也不怕聪明过度的人，只是对着没有趣味的人，要勉强同他说应酬话，真是觉得苦也。你对着有趣味的人，你并不必多谈话，只是默然相对，心领神会，便可觉得朋友中间的无上至乐。你有时大概也发生同样感想罢?

也许无趣的不是这个世界，不是工作，不是生活，而是没有选择有趣的方式。所以，尽量做一个有趣的人吧，再去遇见更多有趣的人。

懂得经营自己的人，才是最大的赢家

从某种意义上说，一个值得称道之人的成长过程，其实就是一个不断抵制本能诱惑的过程。只有不断抵制本能的使然，你才会有其他的、很可能是有益的迷恋。人活一世，总是因为有所迷恋。只有有了有益的迷恋，你才可能获得称道。

——麦家

2003 年，根据张恨水小说《金粉世家》改编的同名电视剧红遍大江南北。伴随着“如果爱告诉我走下去，我会拼到爱尽头”的歌声，我们记住了那场炽热燃烧的爱恋，记住了从电光石火沦落现实的无奈，以及歇斯底里后分道扬镳的悲哀。

2017 年 9 月，阿谷君听闻电视剧《金粉世家》要翻拍了，心想那场野火烧不尽的爱情，总算伴随着春风，迎来新生。

作家麦家说：“人生有两样东西千万不要错过，一个是最后一班回家的车；另外一个是最后一个深爱你的人。”

如果爱，请深爱；若不爱，请离开。

一个人只有卑微而不卑贱，自爱而不自怜，才能赢得他人的尊重。

喜欢就会放肆，但爱就是克制

上学那会儿，阿谷君看到张恨水笔下的冷清秋，心里为之动容。

冷清秋，人如其名，清丽秀雅、端庄娴静。她如秋月般皓洁冰冷，又如百合般纯洁自然。她独立、认真、坚强，面对金钱利诱不为所动，更能因一时恼怒不惜将上好布料挂个满墙。她是骄傲的，是自尊的，她深切地明白金燕西只是一个纨绔子弟，所以她冷静、克制，拼命不让自己陷进去。

> 为了让你爱我，我搬到你的隔壁做你的邻居；为了让你爱我，我到你的学校做你的老师；为了让你爱我，我可以做一切能让你高兴的事。因为在我眼里，你就是那束百合花，我一定要让你在温暖中开放，不让你受到任何的风雨打击。

金燕西告诉她：“只要有爱，不一样的人也会在一起的。”当

看到他将葡萄藤缠满百合花的坚持时，冷清秋动摇了。

有些人注定是你今生无法挣脱的劫数，他出现了，你躲都无处躲。冷清秋虽冷静，可这份炽烈的感情，早已将她灼得遍体鳞伤。所以她选择给他一个机会，也给自己一个机会，为了这个机会，她情愿赌上一生。

于是，明知身份悬殊，冷清秋仍心甘情愿磨去锋芒，嫁作金府少奶奶。豪门纠葛丛生，身心格格不入，渐渐地，她被生活变得不像自己。她失去了自信，失去了冷傲。当她渐渐为爱迷失自己的时候，也便渐渐失去了他。

几米说："当你喜欢我的时候，我不喜欢你；你爱上我的时候，我喜欢上你；当你离开我的时候，我却爱上你。是你走得太快，还是我从来没有赶上你的步伐？"

面对八妹的质问，金燕西回答："不是我变了，是周围的环境变了。我从来没有爱过除清秋以外的其他女人，从来没有。"

是的，他爱她，却一次次伤害了她。在冷清秋艰难怀胎时跟别的女人鬼混，对她千般猜疑百般冷语。就这样，两颗心渐行渐远。

在金燕西心中，那朵象征爱情的百合花，早已凋谢了。

当家族走向衰败时，金燕西选择了曾经放弃的女人白秀珠。从始至终，他最爱的其实只有他自己。冷清秋深知感情无法挽回，便无言地独自搬上了阁楼。一袭黑衣，抱着儿子翻看诗稿，泪落无言，心碎无声。

直到白秀珠告诉金燕西，一切都是为了报复，他才幡然悔悟。

但一切都已经太迟了，一场大火，将所有繁华付之一炬，所有爱恨纠葛，一瞬间烧了个干干净净。

故事的最后，曾经生离死别的恋人，从此擦肩而过。他们带着伤感和悔恨，随着南来北往的滚滚车轮，沿着各自的人生轨迹，融入时代的洪流。

这是爱情的悲剧，这个悲剧向我们传递了一个无可辩驳的事实：喜欢就会放肆，但爱就是克制。

有人说，对于感情，男孩一直在做减法，等从100分减到0分，这份爱也就走到了尽头；女孩却一直在做加法，从0分加到100分，这份爱也便难以放手。

爱情很残酷，一次眼神，可能就是一生的惊涛骇浪。但一句不爱了，就足以将曾经所有的惊涛骇浪归于平静。

做自尊自爱的女子，写高贵的情书给自己

这世界上，有太多爱而不得，太多阴差阳错，太多死心塌地，太多飞蛾扑火。至此，不由得想起金庸笔下那个为爱一念成魔的周芷若来。

张、周初遇，他是寒毒缠身性情乖张的儿郎，她是温柔婉约善解人意的少女。张无忌胃口不佳，她便细心将鱼骨鸡骨剔除干净，在每口饭中加上肉汁，耐心劝慰他：“小相公，你若不吃，老道长心里不快，他也吃不下饭，岂不是害得他肚饿了？”

久别重逢，她是清丽不可方物的芊芊佳人，他是蓬头垢面衣衫褴褛的“小叫花”。他小心翼翼捧出那枚手帕，让周芷若原本冰封的内心，瞬间被注入了一道暖流，起初虽微不可察，却日益铭心刻骨。

光明顶上，她不动声色地维护，终是引来了师父的猜疑。于是灭绝师太厉声喝道，“芷若，一剑将他杀了！”她“仓促间无暇细想，顺手接过倚天剑，手起剑出，便向张无忌胸口刺了过去”。万万没想到的是，张无忌没有躲。

就是这一个没有躲，将张无忌从此烙印在周芷若心上，挣脱不得。那违拗不得的一剑，刺在他身上，却伤在她心上。身上的伤口总会愈合，心上的伤口却只能一次次裂开缝合，缝合裂开，痛得彻骨，又甜得钻心。

是万安寺内，张无忌倾力相救，是灵蛇岛上，山盟海誓风月种种，情不知所起，一往而深。渐渐地，在爱他这条路上，周芷若越走越远。

构陷赵敏，杀害蛛儿，盗取真经，周芷若做下一件又一件错事。撒了一个谎，然后撒更多的谎去圆最初的谎，从此回头无岸，万劫不复。

爱上一个人，在男人是怯懦，在女人是勇敢，这是赵敏。爱上一个人，第一感觉是自卑，这是周芷若。

“人家是汝阳王府高高在上的郡主，我只是峨眉派名不见经传的渔家女；人家才貌双全足智多谋，我却貌不惊人功力平平。”

一句“赵姑娘论容貌功夫，无不胜我十倍”，便将周芷若内心的自卑与不安，刻画得淋漓尽致。

就像女孩子们总是不厌其烦地向男朋友确认究竟爱不爱她，周芷若也是一样。因为无所凭借，所以不够洒脱；因为太过在乎，所以患得患失。

大婚之日，张无忌为求义父下落随赵敏而去，成了压垮周芷若心防的最后一根稻草。“各位亲眼所见，今日是张无忌负我，非我负他。自今而后，周芷若和姓张的恩断义绝。我周芷若不雪今日之辱，有如此珠！”金钗在她手中化为齑粉，随风而散。同样碎裂一地的，还有她的一片真心。

或许她机关算尽，或许她咎由自取，但不可否认的是，这份感情，她维持得太过艰难。她失去了最初的善良，变得越来越不像自己，最终，也将失去她拼命追逐的一切。

三毛说：“上天不给我的，无论我怎样十指紧扣，仍然走漏；给我的，无论过去我怎么失手，都会拥有。”

周芷若七窍玲珑心，却始终参不透这最简单的道理。

少林寺内，张无忌请求与周芷若联手救义父。周芷若冷笑道：“咱们从前曾有婚姻之约，我丈夫此刻却是命在垂危，加之今日我没伤你性命，旁人定然说我对你旧情犹存。若再邀你相助，天下英雄人人要骂我不知廉耻、水性杨花。”张无忌急道：“咱们只须问心无愧，旁人言语，理他作甚？”周芷若道：“倘若我问心有愧呢？”

因为心里有你，所以不能思无邪，也不能问心无愧、坦坦荡荡。

比起经营爱情，你更应该经营自己

你要听到微风吹过山谷，才知道那就是风；你要看到白云浮上天空，才知道那就是云。

你要爱了，才知道那就是爱；你也要恨了，才知道，恨也是因为爱。

莎士比亚说："生命中令人悲伤的一件事是你遇到了一个对你来说很重要的人，但却最终发现你们有缘无分，因此你不得不放手。"

周芷若在寒冷中挣扎了太久，才遇到张无忌这团炙热的火，她如何舍得放手？但越是拼命想拥抱温暖，越是容易被火焰燃成灰烬，粉身碎骨。

故事的开头总是这样，不期而遇，猝不及防；故事的结局总是这样，花开两朵，天各一方。

三毛说："我们不肯探索自己本身的价值，我们过分看重他人在自己生命里的参与。于是，孤独不再美好，失去了他人，我们惶恐不安。"

冷清秋、周芷若这样的女孩大有人在。她们为爱不顾一切，飞蛾扑火，以为只要努力一点，再努力一点，就能将爱情紧紧抓在手中。殊不知，只是抓到了一手空气，还弄丢了原本那个高贵自尊的自己。

泰戈尔说:“当你为错过太阳而流泪时，你也将失去群星了。”当一个人为另一个人失去自己时，她也注定留不住那个人。

所以，比起经营爱情，你更应该经营自己。一个懂得如何经营自己的人，才是最大的赢家。

女人，要有自己的独立人生

二十岁有二十岁的美丽和光彩，四十岁有四十岁的皱纹和诗意。人生在不断地更易状态，我们需要做的，只是找到并面对真实的自己。

——麦家

作家亦舒在《吻所有女孩》一书中这样谈读书：

> 读那么多书干什么呢？就是在要紧关头，可以凭意志维持一点自尊：人家不爱我们，我们站起来就走，无谓纠缠。

在改编自亦舒同名小说的电视剧《我的前半生》里，马伊琍扮演的全职太太罗子君却没有在紧要关头维持住自己的尊严。

MAI TOWN
入谷须知
入谷请脱鞋
或穿鞋套
无wifi
手机静音
免费茶水
自助自洗
“书”送温暖
爱心义卖

罗子君，原本过着让人羡慕的生活，儿子活泼可爱，丈夫既能赚钱又顾家，保姆包揽了所有家务。她的生活“无聊”得只剩下了两件事：一是买东西，反正有钱又有闲；二是盯住丈夫，防止他出轨。

罗子君的丈夫曾许下诺言，“我负责赚钱养家，你负责貌美如花，”但是这般甜言蜜语终究敌不过现实的重击。罗子君的老公出轨了，出轨的对象是她根本瞧不上的离异女人。

苦心经营的婚姻，瞬间变得面目全非。毫无工作经验和生存能力的罗子君被迫闯入社会，现实在她面前展现出了最狰狞的一面。至此，罗子君终于明白了一个道理：比婚姻更需要经营的是她的人生。

被丈夫用“我养你”宠着的“罗子君们”表面上过得很风光，内心却像惊弓之鸟，极度缺乏安全感。她们傻傻地以为，丈夫出轨一定是看上了比自己更年轻更漂亮的女孩。却从来没有认真反思过，婚姻走到这般地步，那个曾经深爱自己的男人变心的原因在哪里？

在罗子君不能接受陈俊生出轨对象竟然是一个平凡普通的妇女时，剧中靳东饰演的贺涵一针见血道出了真相：只要是跟她（罗子君）不一样的，万般皆有可能。

“罗子君们”不知道，在一段婚姻中，如果你不懂得经营自己，只是停留在原地，那么这段婚姻迟早会反过头来抛弃你。

幸福的婚姻不是靠美貌、金钱建立起来的，靠的是两个人精神生活的共同成长。

作家傅雷和他的妻子朱梅馥从小一块玩耍，傅雷总是以小男子汉的身份保护着朱梅馥，而朱梅馥也总想着把手里的糖和饼干给傅雷留着，两人算得上是青梅竹马。

1932 年，傅雷与朱梅馥在上海举行了隆重的婚礼。婚后，两人的生活虽有争吵却依然和睦。妻子朱梅馥凡事能以丈夫傅雷的喜好为喜好，尊重他的内心，但她对丈夫的爱却并不盲从，也不依赖。

她对傅雷十分包容，但那只是出自于爱。而这份爱，源于她理解傅雷。《傅雷家书》里有这么一段：

> 我对你爸爸性情脾气的委曲求全、逆来顺受，都是有原则的。因为我太了解他。他一贯的秉性乖戾、嫉恶如仇是有根源的。修道院似的童年，真是不堪回首。到成年后，孤军奋斗，爱真理，恨一切不合理的旧传统和杀人不见血的旧礼教。为人正直不苟，对事业忠心耿耿。我爱他，我原谅他。

朱梅馥除了在生活上对丈夫照顾得无微不至外，还是丈夫工作上不可多得的“好秘书”。傅雷的文稿很多，而且杂乱，朱梅馥需要对其中的每一篇进行整理。她总是先把文稿一一排好顺序，然后再一笔一画地誊抄下来，笔迹端正娟秀，一丝不苟。据说就连傅雷给傅聪写的信，每一封，她都要先誊抄留底，然后再亲手邮出的。

可见，傅雷可以说是完全离不开朱梅馥。傅雷深深迷恋着朱梅馥，《傅雷家书》里他曾和儿子说道：

> 我无论如何忙，要是一天之内不与你妈谈上一刻钟十分钟，就像漏了什么功课似的。时事感想，人生或小或大的事务的感想，文学艺术的感想，读书的心得，翻译方面的问题，你们的来信，你的行踪……上下古今，无所不谈，拉拉扯扯，不一定有系统，可是一边谈一边自己的思想也会整理出一个头绪来，变得明确。

朱梅馥不仅懂得如何与丈夫相处、维护家庭和睦，更懂得如何在婚后提升自我，进而施展自己的才华。她在经营好两个人婚姻的同时，也把自己的人生经营得一丝不差。

如果一段婚姻失败了，也许是在提醒你，比经营婚姻更重要的是经营你自己的人生。

张幼仪，中国第一位女银行家、企业家，徐志摩的原配，她的婚姻却可以用失败来形容。她被丈夫徐志摩厌恶地称为“乡下土包子”，遭到百般嫌弃。当她发现自己怀了二胎并忐忑不安地告诉徐志摩时，徐志摩说打掉吧，后续的对话是这样的：

张：我听说有人因为打胎死掉了……

徐：还有人因为坐火车死掉的呢，难道你看到人家不坐火车了吗？

后来，徐志摩无情地离开，此时挺着肚子的张幼仪一个人在异国语言不通、经济无着。直到孩子出生后一个月，徐志摩才突然出现，只不过他是来和张幼仪离婚的。

张幼仪的处境比起罗子君简直有过之而无不及。更不幸的是，三岁的小儿子彼得因腹膜炎夭折。在回国的火车上，她抱着幼子的骨灰，心如死水。

回国后，张幼仪开办了云裳服装公司，做成衣。她的衣服选料考究，设计风格杂糅中西，精美别致，一时间上层名媛纷纷以穿“云裳”为荣。

毫无疑问，离婚之后的张幼仪活出了自己的精彩，将自己的人生经营得有声有色。生活亏欠她的，用事业的成功补偿了她。

作家马尔克斯在小说《霍乱时期的爱情》里写道：“安全感、和谐和幸福，这些东西一旦相加，或许看似爱情，也几乎等于爱情。但它们终究不是爱情。”“罗子君们”一直都错了，她们把婚姻生活里的“安全感、和谐和幸福”错当成了“婚姻”。婚姻实质上是一场修行，如果两个人的成长速度不一样，一个人慢了下来、留在原地，而另一个人快步向前、不想回头，那么两个人之间的距离就会慢慢拉大，分开也就无法避免。

比起遗憾，有人更害怕后悔

> 我们总是不停地往前冲，以为前面有很多好东西在等着我们，其实很多好东西是在我们身后：家在我们身后，老朋友在我们身后，美好单纯的友情在我们身后。
>
> ——麦家

阿谷君要说一个发生在麦家理想谷的真实故事。

2016 年 5 月 9 日，那天阿谷君正和谷员们一起收拾书籍，一个叫芹菜的姑娘过来对我们说她要出国了，但是心里一直有件事……原来，芹菜在 2015 年 9 月的一个下雨天收到了一个男生给她的留言，接下来的三个月时间，他们有十四次往来，仅仅靠着一次又一次的留言维系。后来，芹菜有四个月没来理想谷，当她 2016 年 5 月来理想谷时，发现他给她写了很多留言……芹菜不知道自己能做什么，她找到我们，只希望在出国之前能和他见一面。所以，阿谷君讲这个真实故事是想把她和他的故事还原，并希望他能看到。

2015年9月的一天，芹菜第一次来到麦家理想谷。那天，她翻看的是三毛的《撒哈拉的故事》。她像很多女生一样，希望能遇见懂自己的荷西。她爱三毛的勇敢、真性情、洒脱，但生活中的芹菜，却自认为是一个不勇敢的人，也没有得到自己想要的人生。

第一次来理想谷的时候，谷员给了芹菜一张留言纸。她本不知道写些什么，也许是在书里找到了灵感，下笔的时候是这样的：

> 结婚时能摘一把芹菜绑头上，连定情信物都是捡的，还能乐呵呵的，恐怕只有三毛这姑娘了吧。不过，在沙漠里，芹菜能插哪儿呢？

后来，理想谷闭谷时芹菜把留言纸和书一起放回了原位。一周后，当她重新翻开这本书时，发现自己无心写的留言居然有人回复了。

> 插在骆驼骨头里。

11

書是鼎大的
ALL FREE

看到留言时，她便毫不犹豫地回复了：

居然还有人回答我！不过这个答案简直太棒了！你应该也喜欢三毛吧？

芹菜当时又惊喜又惊讶，她还来来回回地打量了谷里的读者，猜想回复她的人会是谁。

离开的时候，她没有带走留言纸，依然将它留在了书里。芹菜说那天走得匆忙，没有将书放回原位，而是随手塞在了一个不起眼的角落。可当她第三次翻开《撒哈拉的故事》的时候，她自己都觉得惊讶，那张留言纸上留下了同样好看的字迹：

这答案棒，真的假的？我没看过三毛的书，只是知道而已。工科男平时不爱看书，偶尔看看东野圭吾。看来你应该挺喜欢三毛的？

在后来的三个月里，芹菜和他就是这样靠着一张张留言纸交谈，彼此熟悉。她知道原来他并不爱看书，偶尔会看东野圭吾的书，他的腿受伤了，因为学校离理想谷比较近，他喜欢理想谷的氛围，所以经常来，他后来在看《撒哈拉的故事》。而他，知道芹菜在准备出国考试，便祝她雅思考试顺利。他们像约好了一样，每次会把夹着留言的《撒哈拉的故事》放在窗户前的书架边上。

后来，因为考试的事情，芹菜从 2016 年 1 月开始就没有再来过理想谷。当她 5 月份再来的时候，她找不到那本书了，只是在那个角落里，她看到了好几张留言纸，上面全是他写给她的留言……

芹菜说，有一次她准备离开理想谷，看到一个高高瘦瘦的男生从小铁门那边进来，穿着简单的运动装，她感觉会是他。芹菜也向理想谷的工作人员打听，她想知道有没有一个男生会去看三毛的书。打听无果后，她甚至还试过等他，却一直没有等到。

芹菜下定决心把这件事情告诉我们，用了五天的时间。她说怕被大家笑话，可是，她还是把心里的故事说了出来。她来来回回把书店所有的留言都翻遍了，但就是没找到一张同样字迹的。她不知道他们会不会见面，也不知道见面之后会怎样。

芹菜说自己从来都不是一个勇敢的人，但比起遗憾，她更害怕后悔。她不知道这样做是对还是错，这些好像都不重要，她只是希望能找到他。

故事到这里也快讲完了，阿谷君有幸亲历了芹菜的这个美好故事，也见证了她的勇敢。他们会再次遇见吗？谁也不知道，阿谷君能做的也仅仅是用文字记录这件事。

别把坏脾气肆意留给最重要的人

年轻人在谈到自己长辈时总认为他们固执或落伍，但没有哪种感情比父母对孩子的爱更固执，更落伍，更笨拙的。

——麦家

所有认识阿舒和陈远的人都觉得太意外了，陈远居然放弃了阿舒这样一个有颜值、有素养的姑娘，而且脾气还好到爆！每次大家聚在一起玩，阿舒这姑娘，总是会照顾到所有人。

当我们怀疑陈远移情别恋的时候，阿舒却在朋友圈发了这样一段话：

所有要求对方容纳你的任性和坏脾气的人，最后都会吃最大的苦头。我们总是喜欢把最坏的脾气给自己最重要的人。

后来，和阿舒见面的时候，总觉得她哪里不对劲。她还是之前的那个姑娘，可说话间却不像之前那样活泼、有趣。

“你也觉得我很丧对不对？和陈远分开后，我才发现原来我一直都是这样的人，垂头丧气，抱怨，责骂。在外面的时候，我对每个人都很好，可回到家，我就像是换下了面具，易怒，稍不顺心就会破口大骂。我总觉得这个人是我最亲的人，我可以任性地把脾气都倒在他的身上。”

阿谷君有些惊讶，这样一个在人前活泼可爱的姑娘，却有这样的一面。阿谷君开始反思自己：是不是也把最坏的脾气给了最重要的人？有时候，我们对陌生人的一声问候倍加感谢，而对父母、爱人对我们的关爱，则认为理所当然，肆意索取。

“和陈远在一起五年。现在想想，好像从来没有和他好好说过话。”阿舒说。陈远总让人觉得他是个闷声不响、无趣的人，在朋友眼中，是陈远高攀了阿舒。可现在想想，这个不怎么说话的人，一直默默地把最好的爱给了阿舒，给她包容，给她一个发泄的地方，任由她无数次的发泄。可是，即便是爱你的人，也总有一天会累吧。

菲茨杰拉德曾说：“这世上有成千上万种爱，但从没有一种爱可以重来。”正因为不会重来，所以不要随便消耗爱，尤其是生命中最重要的那些人的爱。

我们总觉得对方不会离开，可随着时间的叠加，那些无理取闹、那些坏脾气会在对方的心里堆积。肉长的心，也总有一天会溃烂。

想起之前在公交站遇见的一对父女。

那女孩身材高挑，长得眉清目秀，她的父亲站在她旁边，很是疲惫的模样，但还是能看出来他的心情不错。女孩父亲手上拎着好几袋东西，他东张西望，满是好奇地问女儿，这个车，那个房子……但是，女孩好像有些不耐烦，有一搭没一搭地点着头，眼睛盯着手机，也不看她父亲。

等女孩父亲说到自己带的这些土特产的时候，女孩终于开口了，这也让阿谷君对她的好印象全部消散了。她有些生气地对父亲吼道，“叫你别来你要来！又带这些鸡蛋鸭蛋，又麻烦又脏！”

女孩父亲还是笑笑，丝毫没有埋怨的意思，只是有些小心地说，“这些土鸡蛋，吃了好，跟你买的不一样。”女孩也不想回答她父亲，继续低头玩手机。过了一会儿，她又一脸嫌弃地说，“这都是过时的东西！真要补的话，买点营养品就好了。”

这时候，碰巧有个人叫她，看样子是她的同事。女孩寒暄了几句，聊了聊工作。但她的态度和之前与父亲的对话态度，简直是截然相反。

这么大的反差，真不知道是不是听错了，但事实就是如此。她对自己父亲的态度是嫌弃、不耐烦、大声呵斥，对旁人却是温柔可亲，她父亲当时的感受应该是最深的。

所有人都告诉我们，工作中要和和气气，得罪一个人，可能就得罪了一个圈子。但是，在生活中，本应越来越成熟懂事的我们，对父母却越来越不耐烦，觉得他们过时，观念难以转变。我们毫无节制地索取，理所当然地发脾气，而他们却始终毫无怨言地给予。

听到身边很多人说，一年难得主动和父母通一次电话。更有人说，就算自己不忙，接到父母电话也懒得说话，父母多问几句就不耐烦，觉得他们太烦了……

作家麦家说："年轻人在谈到自己长辈时总认为他们固执或落伍，但没有哪种感情比父母对孩子的爱更固执，更落伍，更笨拙的。"

所以，请不要再用斥责、不耐烦去对待你逐渐老去的父母。

听过这样一个故事：有个人脾气很坏，对所有人都是暴跳如雷的样子。后来，他喜欢上了一个姑娘，并很幸运地跟她结婚了。当时，那姑娘身边的人都很不解，为什么她会选择嫁给这样一个坏脾气的人，她可是善解人意又温柔漂亮的人啊！姑娘说道，自从认识他，他从来没有对她发过火。最后，直至两个人鬓已成霜，他都不曾对她发过脾气。

爱应该是迁就，包容，而不是一味地索取。不要因为对方爱我们，就肆意妄为，无情地去伤害他们。

阿谷君深信三毛说的那句话：人活在世界上，重要的是爱人的能力，而不是被爱。我们不懂得爱人又如何能被人所爱。

也许我们都曾有意无意伤害过深爱自己的人，如果可以，改掉你的坏脾气吧，别把坏脾气留给最重要的人。

来不及，可能只是一个借口

越走越长的是远方，越走越短的是人生，越走越深的是亲情，越走越浅的是爱情，越走越急的是岁月，越走越慢的是希望，越走越多的是年龄，越走越少的是时间，越走越远的是梦想，越走越近的是坟墓，越走越明白的是道路，越走越糊涂的是方向。

——麦家

阿谷君经常听到身边年纪轻轻的人说：我想学游泳、学跳舞、学西班牙语，可是好难啊，我这个年纪肯定来不及了……每次听到这样的话，阿谷君总会想，一个 90 后，又是自己想做的事情，为什么会来不及呢？这让阿谷君想起蔡康永说过的一段话：

十五岁觉得游泳难，放弃游泳，到十八岁遇到一个你喜欢

> 的人约你去游泳，你只好说“我不会耶”。十八岁觉得英文难，放弃英文，二十八岁出现一个很棒但要会英文的工作，你只好说“我不会耶”。人生前期越嫌麻烦，越懒得学，后来就越可能错过让你动心的人和事，错过新风景。

康永哥说得太有道理了！人越懒、越嫌麻烦，就越容易错过让人心动的人和事情。从来就没有什么是来不及做的，除非你只是随口说说而已。而且，也没有人会拿着时间去检查你说过的话，你完成了多少，一切都由你的心决定！

恨嫁姑娘

恨嫁姑娘相亲无数，尽管她才二十九岁。大学毕业后她在大城市打拼，忙得连谈恋爱的时间都没有，估计她自己也忘了这回事。可是，毕业几年后，她发现身边有不少同学相继步入了婚姻的殿堂。加上家里人的催促，“再不嫁人，这辈子就成老姑娘吧……”三姑六婆也纷纷应和着，“你看你表妹都生二胎了……”

恨嫁姑娘被拉进了恨嫁圈。所有人，都期盼着她早点嫁出去。

也不知道相了多少次亲，恨嫁姑娘终于找到了差不多先生。差不多先生有着差不多的容貌、差不多的脾性、差不多的经济水平，一切都差不多。恨嫁姑娘觉得终于可以把自己嫁出去了，她说不上这是爱，她只是觉得有这样一个人可以结婚，就够了。她二十九岁了，要遇到一个真正合适的人，她说自己没有时间，来不及了。她觉得自己是一个快三十岁的老姑娘，年轻的帅小伙看不上她，她也没有时间去找。虽然，她一直希望能遇到一个懂她的人，两个人有共同的兴趣爱好，彼此相爱。只是，所有人都告诉她没有时间了，来不及了。

可是，她明明才二十九岁呀。既然希望找一个懂自己的人，为什么要匆匆地就选择交卷呢？

婚姻就像是一场考试，只是这场考试并没有规定必须在多长时间内交卷。当“考场”中越来越多人选择提前交卷，“恨嫁姑娘”误以为再不交卷就来不及了，自己吓唬自己。然后，她还没有答完所有的题目，就选择了交卷。结果是可以预期的，她明明知道会不理想，但是受旁人的影响，所有人都觉得来不及了，再不交卷自己就真来不及了。

人生漫漫，等一个合适的人会来不及吗？

职场少年

刚步入职场的少年，意气风发，他觉得凭借自己的一腔热血定能闯出属于自己的一番天地。一年过去了，两年过去了，三年过去了，少年看到身边有很多朋友买房买车、出国游学，他也梦想着有一天能去自己想去的地方。

公司有一个新项目，条件非常诱人。如果完成这个项目，少年就可以实现人生的一小半目标。可是，项目的一项要求是“参加项目的人须精通西班牙语”，这让他犹豫不决。他曾经学过西班牙语，而且学得还不错。可是，他已经三年没接触过西班牙语了，现在捡起来，他觉得来不及了。最后，他放弃了。

部门改革，老板给每个人定了一个考核目标，轮到他的时候，他犹豫了。因为考核的技能是他欠缺的，他觉得自己没有这个能力。如果现学，他觉得自己肯定来不及，他觉得没有什么东西是一时半会儿能学好的。所以，他选择了稳定，稳定地干着过去的工作，稳定地重复过去的工作。他曾怀揣满满的梦想，可现在的他已经不再年少。如今，他觉得有太多比他年轻有为的人，要做得比他们好，他觉得已经来不及了。

然而，这个总觉得来不及的职场少年，也才三十岁而已。

匆忙小姐

匆忙小姐每天都是匆匆忙忙的。她匆忙地起床，匆忙地化妆，匆忙地吃早饭，匆忙地工作……你问她为什么这么匆忙，她会一本正经地回答：来不及啊！没看见我差点儿赶不上公交吗？没看见我上班差点儿迟到了吗？没看见我差点儿错过了今天的会议吗？

匆忙小姐觉得自己每天都过得特别“充实”。每次吃饭前，她必定要用手机拍下菜肴发朋友圈，不知是她要求高还是她拍照技术不好，拍了大半个小时还没有拍好。一起吃饭的人见她这样，总是委婉地提醒：再不吃的话，可能要错过下一件事情。这时，她才意识到好好吃饭是来不及了，然后便匆忙地随便吃上两口。每到一个景点，匆忙小姐必定会先给自己拍几张照片。游览景区？匆忙小姐说等她拍好了照片再去。然后，等照片拍完时间已经过去了一大半，直到导游开始催了，匆忙小姐才意识到自己连景区都没有逛，又匆匆忙忙地要回去了。

匆忙小姐爱拖延，总把自己弄得匆忙不堪。朋友约她的时候，她推辞说自己有很多工作要做，来不及了，不能陪你们玩了。工作的时候，匆忙小姐看着时间，不知不觉又过了一小时，她刚刚做了什么她自己也不知道，总之她要来不及了……

对于匆忙小姐而言，似乎一切总是来不及的。

如今，很多人都抱有一种急于求成的心态，需要花费大量时间的事情，他们总是再三犹豫。最后，选择放弃的时候，安慰自己一切都来不及了。而没有什么事情是来不及的，当你真正想去做的时候，即使要花费大量时间，也应该是心甘情愿的。

还是像康永哥说的，如果你越嫌麻烦、越是懒散，你越容易错过让人心动的人和事。当你说来不及的时候，其实你已经错过了。

来不及，这可能只是一个借口。

美食，承载着我们的情感

每个人对故乡都拥有无法割舍的情感记忆。什么是故乡？那片土地上生活着，或者埋葬着你的亲人。

——麦家

深夜，东京的某条巷弄，一家午夜十二点开始营业的餐馆，一个脸上有条刀疤的沉闷男人……

是的，这是日本电视剧《深夜食堂》的场景。

在这里，忙碌一天的人们从工作中脱离出来，轻松自在地在深夜食堂里喝酒品味美食，谈论着各自的生活，分享着彼此的遭遇。美食，成了这些人在忙碌生活中最大的安慰。

阿谷君在想，为什么是“深夜”食堂呢？而不是“早上”或者“正午”？究其原因，可能是因为深夜最容易让人感到孤独吧。

也许正如作家张佳玮的随笔集《孤独的人都要吃饱》书名说的，孤独的人都要吃饱。而在深夜这样最让人孤独的时候，美食的治愈力量便显得尤为重要了。对于疲惫的都市人来说，异乡拼搏的不易或许只有他们自己知道，在深夜能吃上一顿美味的食物，绝对是对他们最大的慰藉了。

食物好像真有强大的治愈能力。身边有不少朋友就和阿谷君说过，在不开心的时候，他们会选择大吃一顿，之后就不会不开心了。真是神奇，有时候再多的心灵鸡汤都比不上一顿饱饭更有治愈性。

说到美食对孤独的慰藉，阿谷君想起了一部日本电影，《南极料理人》。

在冰天雪地、寸草不生的南极科考站，生活着八位执行观测任务的工作人员，其中有一位名叫西村淳的厨师。他们像是被扔到了世界的角落，面对的只有漫无边际的风雪。在那样恶劣的环境下，可以想象生活是多么枯燥和乏味。每天除了必要的工作以外，吃饭就成了他们生活中最大的一件事。

厨师西村淳每天变着花样为大家做各种美食，填满了大家的胃，似乎也填满了大家的心。每次想到电影里八个人吃饭的镜头，阿谷君的心里总会感到一丝暖意。可能只有在这个时候，大家才可以短暂地忘记零下几十度的低温和无处不在的皑皑白雪。

有一幕阿谷君印象特别深刻。基地的拉面吃完了，半夜睡不着觉的队长把西村淳戳醒，伤心不已地说，“我这个人哪，就喜

欢吃拉面，没有拉面，我的人生就没有乐趣了啊……”说着说着，他像个委屈的孩子一样哭了起来，还反复喃喃地说，“我只要面就好，没有拉面，没得叉烧也没关系……”

电影里，美食已经不是简简单单的食物，它成了八个人对抗孤独的手段。

2012 年，央视纪录片《舌尖上的中国》特别火。每次回想起这部纪录片，阿谷君的味蕾依然蠢蠢欲动。纪录片展示了制作美食的技艺和过程，同时在这个过程中也展现了老百姓们的生活，有着地道的中国特色。

所谓“食色性也”，人都离不开食物，不分阶层、不分民族、不分年龄，“吃”永远是我们生而为人首先要考虑的一件事。

在看似平淡无奇的锅碗瓢盆里，实则盛满了我们的人生。

对于纪录片《舌尖上的中国》，有一种评价阿谷君特别赞同：“乡愁”是一种无法割舍的情怀，从南方到北方，从国内到海外，最好吃的菜是妈妈做的菜，最好的东西是故乡的东西，最好的回忆是童年的回忆。纪录片勾起的不光是对美食的垂涎，还有流泪的冲动。

这也许便是美食的魅力吧！它不只是在深夜孤独的时候安慰我们，更与我们的生活息息相关，融进我们的血肉、情感。

美食，折射出的其实是我们的人生，是我们对美好生活的一种向往和追求。

就像阿谷君认识的一个刚毕业的单身姑娘，她离家在大城市里打拼，工作虽然辛苦，却依然会变着花样地给自己做好吃的。她说，认认真真地给自己做一顿好吃的，吃完会觉得特别开心，好像生活里的那些不如意瞬间都烟消云散了。

美食其实并不只是食物本身这么简单，它还寄托着我们的情感。就像毕业时的聚餐，那顿散伙饭意味着祝愿，祝福每个人今后能走得越来越好。

不管吃的是什么，每一缕热气，都是真实的人间烟火，都是我们切切实实过着的生活。

早点回家，那才是你的终点

人生有两样东西千万不要错过：一个是最后一班回家的车；另外一个是最后一个深爱你的人。

——麦家

4月的一个傍晚，天下着小雨，理想谷已经闭谷，阿谷君正收拾着书本。要不是听到外面敲玻璃的声响，忙碌着的书店工作人员压根不会发现她——一个背着超大背包站在大门外的姑娘，她望着谷内，敲着玻璃。

门刚一打开，阿谷君还没开口，她就连连抱歉说道："看到外面小黑板上写着已经闭谷了。非常抱歉，能让我进来看一看吗？"

是的，当时已经闭谷。但是，我们也不忍心将她拒之门外。

她脱下湿透的鞋袜，把她那重重的背包靠在了门边。阿谷君给她递了一盒纸巾，示意她擦擦脸上和头发上的雨水。雨越下越大，我们继续收拾着，她倒了一杯白开水，捧着杯子，光着脚在谷里走着。

“之前在网上了解过麦家理想谷，但是没有想到身临其境的感觉这么棒！”

阿谷君问她从哪里过来，并告诉她如果离得近可以常来。

她笑笑说，“我过来可远了。不过，以后我还会来的。”她一边挑选明信片，一边接着说，“这一个月来我去了很多地方，去了很多书店，但是觉得你们这儿有一种熟悉又温暖的味道。”她一脸抱歉，“今天真的是打扰你们了。我从机场一路赶过来，但是还是晚了。”

“你刚刚到杭州？等会儿知道回去的路吗？”阿谷君有点惊讶。

“知道，知道的。我虽然是个路痴，不过也走了这么多地方。”她继续说，“因为工作压得人透不过气，我辞职了。当时就想着走远点，觉得出去走走肯定会重新找到自己，于是就开始了说走就走的旅行。可是，旅行真的不是我想的那样。说走就走的是身体，可我的心还留在原地。”

她是一个瘦瘦小小的姑娘，很年轻，阿谷君想不到她会有这样的勇气，又有这样的感悟。

她接着说，“你一定觉得惊讶吧，其实我也是！我当时太向往远方了，什么都没有考虑，拿上一些随身必备的证件和生活用品就出发了。以前一直觉得旅行是特别浪漫的事，像书里说的那样，出去走一走就什么都能治愈。但现实不是这样，适应不了气候的我一直流鼻血，没买到火车票的我买了站票蹲在火车过道中间，不了解当地习俗还差点被误会……总之遇到了各种事情，现在想想还是后怕。而且，在外面的这段时间，我的家人和朋友们每天都提心吊胆，担惊受怕……”

她突然哽咽了，“我发现自己错了，头脑发热、说走就走的旅行真的非常不安全。路上会有很多美丽的风景，会遇见很多有趣的人，但如果心里有事情，旅行是无法踏实安心的。我想以后我会带着我爸妈到处走走，而不是不顾安全地一个人说走就走……”

说着，她背起她的大背包，告诉阿谷君她的家在福建，她要回家了，家才是她的终点。

天色渐渐暗下来，外面的雨越下越大，我们怕她找不到回去的路，给她画了一张小地图，写上去机场的公交线路。

说走就走的旅行可能并不是我们想象中的那么浪漫，旅行这颗良药也可能无法治愈我们被现实生活伤害的心。但是，它依旧令人向往吧，不然怎么会有这么多人乐此不疲。

如果哪天你也想说走就走，请记得收拾好自己的心情，轻装上阵。记得早点回家，爱你的家人和朋友时刻在为你担心。

浅说，深思

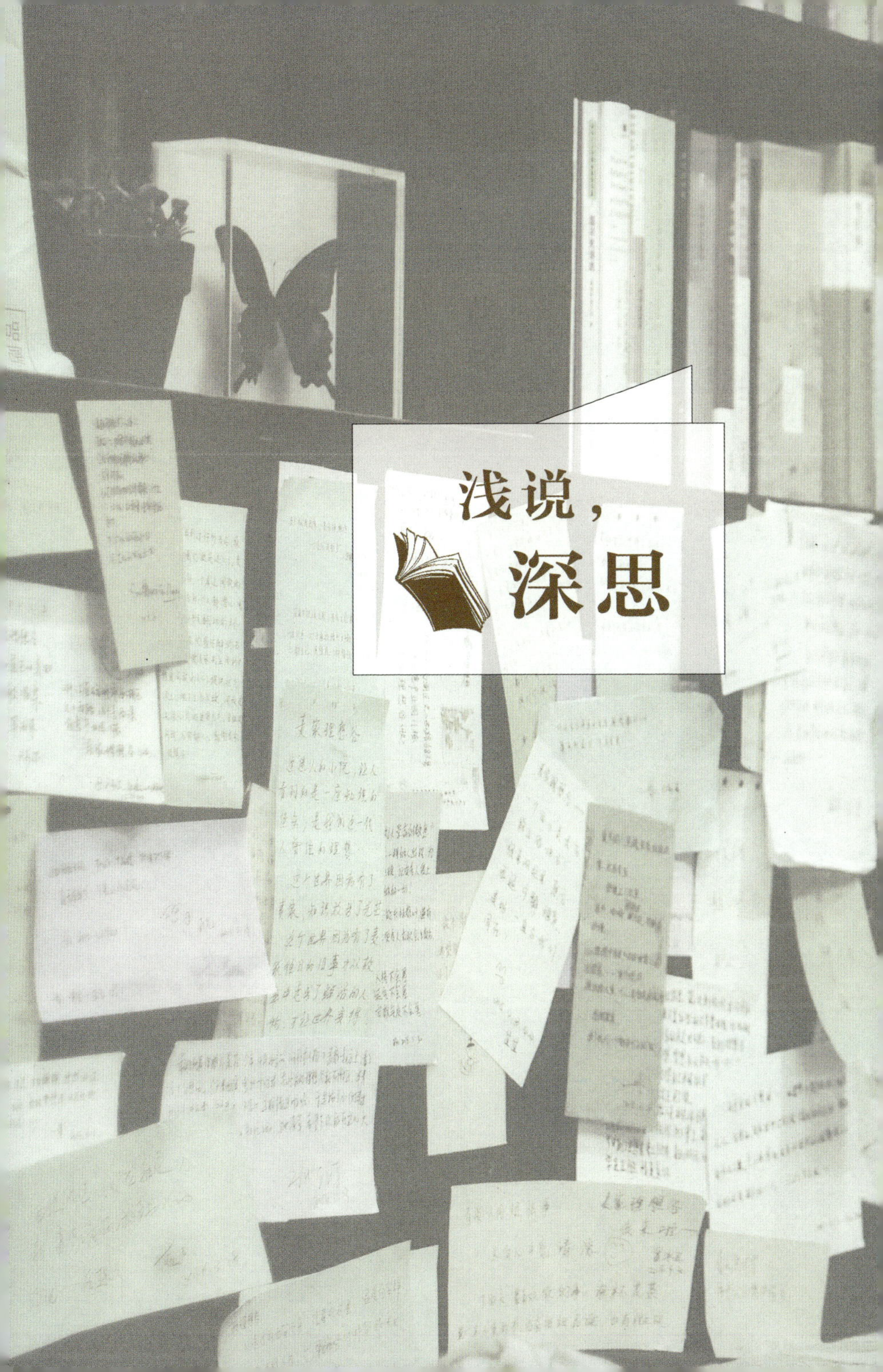

高考过后，你还有更长的路要走

人生苦短，路途却慢慢长长，沿途风大波恶，机遇与挑战并肩，诱惑与陷阱同生，你要自卑，更要自信；你要知彼，更要知己；你要辛勤劳动，更要循天分而动。天分是天意，要为天意去执着，不要让勤去补拙。通往罗马的大路只有一条，多一条都是歧途。

——麦家

六月是一个让人焦躁的月份。气温日益升高，走在午后炙热的马路上热得让人喘不过气。除了持续上升的气温，高考紧张的气氛也弥漫在每年的六月。

高考和每个人都有着千丝万缕的联系。要参加高考的人，已经参加过高考的人，即将参加高考的人，身边有亲朋要参加高考的人……总之，到了这个时候，每个人都很谨慎，每个人都很紧张。

阿谷君几年前就结束了高考这场战役，但每到六月，还是会不由得紧张。作为过来人，阿谷君想对那些年轻的小战士说：高考过后，还有更长的路要走。

当前，高考被认为是社会最公平、最公正、最透明的制度，它不看脸、不拼爹，给了普通家庭子女一个“翻身”的机会。就像美国励志电影《风雨哈佛路》里的主人公贫民女孩丽兹，她知道只有通过读书才能改变自己的命运。她拼了命地学习，想尽一切办法申请哈佛的全额奖学金。最后，她成功了。

高考的确是人生中非常重要的一次转折，也是几乎所有年轻人都要经历的一个过程。有人为此付出了全部的时间和精力，得到了自己想要的结果；也有人拼尽全力，最终未能如愿；还有一些人，他们浑浑噩噩地上完了高中，高考对他们来说，只是期盼已久的一声下课铃而已。

在世俗的眼光里，人们觉得高考就应该全力冲刺，上大学才是人生道路的正确选择。但其实，任何一种选择都没有对错之分，高考只是我们人生的一站，走过之后，我们还有更长的路要走。

日本电影《垫底辣妹》是一部根据真人真事拍摄的励志电影，一个曾是成绩垫底、抽烟混吧的不良少女沙耶加，立下誓言要在一年之内考上与早稻田齐名的日本庆应大学。后来在补习老师坪田和家人朋友的帮助下，她真的成功了！

在影片的结尾，坪田老师给沙耶加写了一封信，阿谷君觉得信中的一段话写得很好很有意义，这里要和所有参加高考的同学分享：

> 如果你正在因为没有达成目标而心灰意冷，那么为宏伟的目标而拼搏过的这段经历，将来一定会成为你的力量。所以，用你那满不在乎的笑脸，请继续挺起胸膛，充满自信地走下去。

在三年的高中生活里，高考是一个很重要的环节，但不会是全部的意义。这三年里，你是否努力付出过，又是否只是在虚度光阴？这才是最重要的，这个过程比结果更重要。无论高考过后是什么结果，你不曾后悔，它便值得。因为在今后，也许再也没有一件事，会让你如此毫无保留地去努力。青春不全是一纸试卷，但在人生特定的阶段，在一个特定的环境，青春是应该为那一纸试卷努力付出的。

相信很多高中老师都讲过类似这样的话：高考过后，等过了五年、十年、二十年，在课堂上学到了什么知识你可能一点都想不起来了，学习的确很苦很累，但回忆起来，你会觉得高中这三年是你人生中最快乐的时光。阿谷君对这句话印象很深，只是当时并不能体会到这句话的深意。如今，这么多年过去了，上了大学，参加了工作，发现自己最想回去的真的就是高中那三年。

有一部豆瓣评分超高的挪威电视剧《羞耻》，阿谷君看过后被它的剧情深深触动了。电视剧讲的是一群年轻人的故事，算是校园青春剧。国外校园剧里的校园生活和国内相差还是挺大的，像《绯闻女孩》这类片子，都离我们太远，缺乏现实意义。然而，在《羞耻》里，阿谷君似乎看不到那些浮夸的剧情和场景。此外，编剧还非常用心，剧本是在采访了两千多名挪威青少年后写成的，较为真实地反映了学生的生活学习故事，很接地气。

阿谷君在想，为什么这部来自北欧小国的青春剧会在这么短的时间内受到全世界观众的喜爱？文化背景、宗教信仰、年龄段都不同的人，竟然全都发自内心地喜欢上了这部电视剧，它吸引人的地方是什么？

阿谷君后来觉得，可能是观众从电视剧里看到了太多自己青春的影子，那段青葱岁月是观众曾经拥有的，现在却再也回不去。

英国《卫报》曾这么评价：

> 大部分的电视剧都低估了年轻人。当你处在十五岁到十九岁这个阶段的时候，你会有很多沉重的事情，而与此同时许多奇妙的事情也会发生。《羞耻》将这些糟糕透顶的和美妙无比的事情通过一些人、一些事，以一种大部分人从未见过的形式表现在一个世界中。

这些十八岁的少男少女，似乎都不怎么需要像我们一样用功读书，晚上总是在派对跳舞，从高一开始，就在为毕业晚会和旅游的事情烦恼。当同龄的我们埋头在作业苦海考试深渊的时候，他们已经对宗教、友情、爱情、人生观、价值观有了清晰而理性的认知。

我们在电视剧里可以看到，北欧的社会已经达到很包容的程度，当两个不同宗教信仰的朋友一起相处的时候，我们看到的不是冲突矛盾，而是他们在日常交谈中的理解、在和谐相处中的共同成长。

青春期是一段塑造自我的阶段，它是一个漫长的过程，也是找寻自我和寻觅良友的时期。《羞耻》并没有说教式地用一套惯用的是非观来告诉观众“你应该如何”，而是让观众知道“你可以成为你想要成为的自己”。

在自由生长的环境里，在宽松的生活氛围中，人们不会因为性取向受到歧视，也不会因为宗教信仰受到排斥，年轻人能自由追求喜欢的东西，真实表达自己的快乐和烦恼。

对比我们的现实生活，电视剧里的环境过于遥远和梦幻，对于一个普通的国内年轻人来说，他还是要踏踏实实地走过人生的每一个阶段，比如高考。

高考对很多人来说已经是件艰难的事情了，在你烦恼高考的时候，一定有人会这么劝你：和你以后的人生相比，高考简直不值一提，说高考残酷，那是因为你还没有看到后头更残酷的人生。

高考也许真的是最能证明只要努力就有希望的事了。慢慢你会发现，很多事并不会因为努力而发生改变，就像没有人能阻止自己衰老一样，再努力也没有用。没有什么能比这更令人无奈的了。

高考可能就是人生长河中的一艘船，无论你上了大船还是小船，你的速度是快还是慢，你看到的风景其实没什么差别。

当你走过了高考，阿谷君想与你分享美国作家凯鲁亚克的小说《在路上》里的一句话：

> 我们还有更长的路要走，不过没关系，道路就是生活。

如果父母也需要考试，很多人会不及格

我深感现代的人正在失去醒悟人心的自觉，也正在失去做梦的权利。现在的年代太喧闹，太生硬，太虚假，太沉重，太粗糙……

——麦家

2017年7月13日，阿谷君看到了一则令人心碎的新闻：杭州一名六岁小男孩，不幸从六楼坠落，因伤势过重，抢救无效死亡。

过了很久，孩子的外婆情绪平稳后，才说起了事情的经过：孩子每次都是在他睡觉的小房间里做作业，那天他妈妈一共布置了四五本，他已经做了三本了，想出来玩，我说你一定要做完才能玩，你妈妈要检查的。然后我把房间门关上了，在厨房里整理垃圾。后来，房间里没了动静，我进去后才发现，孩子从窗户跳了出去……这么聪明的孩子被我毁了。

无论是妈妈布置的作业，还是外婆的没注意，谁的错已经不重要了，因为这些无法挽回一个可爱的小生命。我们感叹的同时，不得不反思一下中国的教育：孩子的童年本该快快乐乐地玩耍，却被如山的作业剥夺了。一个六岁孩子的暑假不是应该开心地玩耍吗？我们的社会，孩子的父母，为何给幼小的孩子如此大的压力？

每年高考、中考公布结果的时候，总能看到考生因考试成绩不理想而轻生的新闻，此类事件层出不穷。上至中学生，下至学龄前儿童，为何这些孩子会做出如此极端的举动，为人父母的家长们需要深刻反省。

说到这里，阿谷君想起了日本作家伊坂幸太郎在《一首小夜曲》里的一句话：

> 一想到为人父母居然不用经过考试，就觉得真是太可怕了。

学习很重要，但不是评价孩子价值的唯一尺度。

钱学森生前曾在不同场合不止一次地发问：“为什么我们的学校总是培养不出杰出的人才？”这也是“钱学森之问”。在阿谷君看来，人才价值评价方式的单一化可能是最主要的原因。

中国教育看重的是考试成绩，这几乎成了唯一的评判标准，我们也习惯了用考试成绩的高低来衡量学生的优劣。因此，这就让很多“望子成龙望女成凤”的父母早早地将孩子送进了考试的大门，因为他们不想让孩子输在起跑线上。

在孩子对世界充满好奇和热情的年龄，在孩子应该学习自信、自爱、独立、诚实、尊重的时候，他们的时间被作业占据了。

当孩子出事的时候，有人说这些孩子抗挫折能力差、心理承受能力差。听上去是有道理，但家长们是不是更应该反思：除了督促孩子学习，抗挫折能力、心理承受能力这些不可或缺的东西不重要吗？孩子具备这些能力吗？

父母总是一味地把自己的愿望强加在孩子身上，每天只追问孩子的学习成绩，却从来没有问过孩子累不累，想不想。在社会压力如此大的情况下，他们认为孩子不努力学习就会输在起跑线上。

是的，学习很重要，但这不是评价孩子价值的唯一标准。单一地用考试成绩评价孩子，就可能会让大部分孩子失去自身发展的特质，失去他们最大的发展空间。而可悲的是，连父母都无法发现自己孩子与众不同的特质。

严厉或宠溺，不如共同成长

无论是严厉还是宠溺，用爱滋养才是对孩子教育最健康的方式。

李安在参加明星访谈节目《鲁豫有约》时被主持人鲁豫问到现阶段最大的幸福是什么，作为导演的他，给出的答案并不是关

麦家
解密

于自己的电影。

李安回答说，“我太太能够对我笑一下，我就放松一点，我就会感觉很幸福。”说到自己的事业，谈到家庭关系，李安说，“我做了人家的先生，做了父亲，并不代表说我很自然就可以得到他们的尊敬，你要达到一个标准，你每天还是要来赚他们的尊敬，这是让我不懈怠的一个原因。”

听到这句话，阿谷君深以为然。父母和孩子的关系应该是平等的，优秀的家长应该通过自我提高，去“挣”得孩子的爱与尊重。

父母是孩子的第一任老师，父母做事的能力、方法和态度对孩子未来的发展至关重要。

父母最核心的是给孩子足够的爱，每一个家长都可以尽自己最大的努力去爱孩子，而不是一味地把孩子的学习成绩放在第一位，这不是爱孩子。

此外，做父母的要保护好孩子，不让孩子受到身体和心灵的伤害，这是为人父母最基本的职责。

害怕自己突然死去吗?

我们追求速度和更快的速度，我们追求物质和更多的物质。我经常在想，我们是不是可以让自己变得轻盈一点、干净一点、简单一点、明朗一点、真实一点?

——麦家

2016年10月6日，春雨医生创始人张锐突发心肌梗死去世。这条新闻，让阿谷君联想起很多不幸：百度程序员林海涛因连续工作四十八小时猝死在睡梦中，天涯社区副主编金波猝死在地铁上，二十六岁风华正茂的姑娘因为无休无止的工作患上了卵巢癌……也有发生在阿谷君身边的，之前常去的一家小饭店，店老板在做菜的时候猝死在厨房里，年仅三十六岁。

他们的突然离世绝不是孤例，某种程度上反映出人们普遍存在的过劳现状。

阿谷君问了自己一个问题：害怕突然死去吗？答案是怕，而且非常怕。我们都有深爱着的人，也有深爱我们的人，有一群可爱有趣的朋友，还有很多未完成的事情。阿谷君一直在想：真的要先对自己残忍，世界才会善待你吗？这显然毫无逻辑。难道好好爱自己了，就一定会遭报复？对自己残忍了，就一定会被善待？

这太荒谬了。

国庆长假的时候，给几个月没联系的哥们儿阿东打了一个电话。接电话的是阿东妈妈，阿谷君才得知阿东已经生病住院一周了。

阿东是做动画后期设计的，他自己调侃说，干他们这行，有时候不往死里加班都不好意思。刚到公司的时候，项目一个接一个，加班熬夜是经常的事。有次接到一个大项目，他立马在网上买了一个睡袋，干脆就住在了公司。那段时间，他不知道白天黑夜，不知道头发几天没洗，只感觉整个人都有股腐烂的味道。有时候太困了，就直接吃咖啡！是的，你没有听错。

后来，项目结束那天，当时是凌晨六点，他从公司出来，有种恍若隔世的感觉，因为对面的奶茶店不知什么时候换成了包子铺。饥饿感使他变得非常豪爽，一口气买了十个肉包，当他一口咬下去，白白的包子上出现一圈红色的牙印子。这时手机响了，老板给他发了一个红包，语音那边是老板非常“由衷”的夸奖，告诉阿东好好干，前途无量……

阿东对着自己笑，翻了翻手机，才发现有无数个未接电话，无数条未读信息。电话是老爸老妈打来的，信息是自己喜欢的女生发来的，这个女生在发完无数个表情得不到应答后把阿东删除了……

阿东对自己够残忍了，为了工作，舍不得浪费一丁点时间，吃喝拉撒恨不得都省了。可现在，钱没赚到多少，自己喜欢的女生跑了，身体也废了。

是谁说的对自己残忍了，世界就会对你温柔？当你摧残了自己的身体、想要的未来还没来时，先倒下的就是你自己！你自己完了，世界还好好的。

说到对自己下狠手这件事，阿谷君还想到了老橙。老橙是理想谷的一个读者，她为人豪爽，雷厉风行，对自己更是一个“狠”字了得。

老橙是个女程序员，自从看了电视剧《微微一笑很倾城》，她连着向阿谷君吐槽了半个月。“男程序员怎么可能跟杨洋一样！绝对不可能！他们都是靠脑子吃饭的人。”而大多数程序员，只能靠体力！她就是其中之一。她是那种拼起来连命都不要的人，可以连着工作四十八个小时不吃不喝！

为什么这么拼？要赚钱啊。上完高中，也就是高考结束后，老橙的父母离婚了。家里的钱都被好赌的老爸败光了，她跟着妈妈，几乎身无分文地去了外婆家。高考报志愿她报的是计算机专业，只是听说学这个赚钱。如今，她学的专业也确实来钱快，但是她有些后悔了。之前一直听她喊胃疼，劝她早点去看医生，她嘴上答应着说好，可看病的事却总被她抛在工作之后。

那个时候因为加班，每天熬夜到一两点睡觉是常有的事。后来，她大把大把地掉头发，她害怕了！终于有一次，她疼得实在受不了，才去医院做了检查。医生说她胃里有一个小肿块，但好在发现得早，没有大问题。当时，她的第一个反应是要花很多很多钱，她头一次害怕自己会病倒了，害怕留下她妈妈一个人……

她也曾有梦想，但是在梦想还没来的时候，意外先来了。她有时会调侃，“拼命工作赚来的钱，都花在检查身体上了，也算是对身体的补偿。”但是，更多的时候她会说，“我好怕自己突然死去，真的很怕。”

这是春雨医生创始人张锐曾说过的话：每天吃不好睡不好，晚上睡前会担心资金链断了怎么办，早上又打起精神鼓励自己说，自己的产品解决了那么多人的痛苦，这么有价值，一定会拿到钱，只是“缘分不到”。精神上的压力会很快反馈给身体，一个最明显的变化是他两边的鬓角全白了。从医多年的父亲跟他说，这是植物神经紊乱……

如果他曾经有意识地进行调整，进行反省，也许就不会造成悲剧了。

但是这个世界上没有如果啊，只有后果和结果。

逝者已矣。

我们每个人好像都在拼命，每天熬夜到凌晨，离不开手机，放不开电脑，丢不开工作……所有人都告诉你，你不逼自己一把，永远不知道自己有多厉害。所有人都告诉你，名利钱财是衡量成功的标准。所有人都在说，你要先对自己残忍，世界才会对你温柔。

是的，你是应该努力，应该拼。但是，请你不要再对自己残忍，即便你有梦想要去实现，即便你有放不下的责任，也请你学会善待自己！

好好爱你的身体，善待它，因为它不只是你自己的，还是爱你的人的。

伤害你的人，你可以选择不原谅

理智最大的考验是“诱惑”，是内心不正的欲望。它本身并没有正邪之分，你可以忠诚于甘地，也可以忠诚于希特勒，但我希望更多人去忠诚自己的良心，忠诚自己爱的人和职业。

——麦家

电视剧《甄嬛传》热播，剧中安陵容这个角色深入人心，也让扮演者陶昕然成了“坏女人专业户”。事情是这样的，演员陶昕然做妈妈了，发了条微博与粉丝分享喜悦，结果却遭到一些网友的谩骂，言辞恶毒刻薄，连她刚出生的小女儿也被诅咒。长期遭受网友负面评价的陶昕然，这回终于忍不住爆了粗口……

看到这条新闻，阿谷君想起了相声演员岳云鹏讲述他过往经历的一个视频节目。那个时候他十五岁，在一个饭馆当服务员。

有次接待客人，小岳岳写错了酒水栏，顾客很不高兴，指着他骂，百般羞辱他。他当时赶紧赔礼道歉，好话说尽，也表示愿意自己掏钱给顾客买单，可顾客还是骂个不停，一直纠缠了三个多小时。在纠缠中，小岳岳提到，自始至终没有一个旁人说句“差不多得了”。节目中岳云鹏说了一句话：“我心里还是恨他，我特别恨他。”话音刚落，这张从来都是说笑着的脸落下了眼泪，一颗一颗，根本止不住。

> 所以，每每听到有人说，你要感谢那些伤害你的人，否则你不会有今天的自己。你要原谅那些伤害你的人，何必跟自己过不去，何必这么小心眼……可是，很抱歉，我不是圣人。在被伤害后，在自己深爱的人被伤害后，还能无动于衷，甚至去感谢他们，很抱歉，我做不到。在人生成长的道路上，最应该感谢的人是自己，还有一直陪在身边，给我鼓励，给我温暖的人。

上面这段话是阿谷君的学姐沈菲刷完微博后发来的。

上小学的时候，沈菲的父母关系已经很恶劣，每次放学回到家，她总是战战兢兢。她的爸爸好赌，赢钱了他会开心地给她几块钱，让她买零食。如果输钱了，他便会骂她，并骂她妈妈，言语粗俗，不堪入耳。沈菲说她妈妈其实是个很了不起的女人，她特别能干，什么活都容易上手，做得也好，工厂的人都喜欢她，需要帮忙也都先找她。

东方快车谋杀案
谷
阅
经典典

家
书单
红高粱家族

沈菲妈妈虽然是个温柔善良的女人，但一直有着一股劲。

有次沈菲爸爸把女儿的学费输了个精光，沈菲妈妈知道后，冲进赌博的小卖部，上去就捶正在打牌的沈菲爸爸。沈菲爸爸气急败坏，直接把她推倒在地。她爬起来，一边哭一边喊。当时沈菲爸爸还没有做出反应，躲在人群中的沈菲看到，有个男人一巴掌狠狠地甩在她妈妈的脸上，将她妈妈打趴在地，整张脸瞬间发肿。男人一边骂着，一边用脚踩，“一个外地佬，一个女人，倒是长本事了！给我滚回家去！”沈菲哭着冲上去抱住她妈妈，求那人不要再打了，才发现这个男人是她叔叔。沈菲说，“我一辈子都不会忘的！那个时候，他把我妈妈从地上拎起来，一直扇她，扇得嘴巴直流血。我一边磕头一边求他停手，但他看也不看我，一直打，一直打……我永远都不会忘记。我恨他！我甚至恨当时在场的所有人，包括我爸！那天我才知道，原来人可以这么冷血！”

沈菲有时候开玩笑，说她能长成一个正常人真是谢天谢地了。没有人知道，沈菲的事业有成，是拼了多少的力气换来的。她说，“那件事我一直记得。我拼命学习，努力考第一，班级第一，全校第一。我没有别的东西可以拼，我只能靠自己。这样我才有可能带我妈妈走，才能让我妈妈过上更好的生活。可是，这并不代表我原谅了他，或是感谢他。”

我们都是再平凡不过的人，在人生的道路上，都有不愿提及的伤心往事。被老师扯着头发塞进了垃圾桶，就因为撕了自己考试不及格的试卷；被好朋友骗光了钱，身无分文地走在陌生的城市；在酒店实习，上菜的时候差点烫到客人，但是客人一直骂；班主任把偏科的学生叫上讲台，当着全班的面拿剪刀剪断他们的头发，声称是给他们长记性；被前男友骗去做传销，跳楼才逃脱出来……

如果那些伤害你的人现在道歉，你会选择原谅吗？你会感谢他们曾经的苛刻，因而成就奋力向前的自己吗？阿谷君问受访者，他们先是沉默，然后摇头。

说道歉是别人的事，选择原谅与否是自己的事。陶昕然因女儿被诅咒对网友爆粗口，小岳岳对给自己带来伤害的人仍旧有恨，沈菲选择不原谅他的叔叔……在别人看来，这些都是小题大做的事情。可是，你不是当事人，你怎么知道这些事情给他们造成的伤害有多深？更何况，很多事情发生就是发生了，即使已经过去很久。

我们都不是圣人，但都是有血有肉的人。我们应该爱自己，爱对自己好的人。就像小时候沈菲的梦想，“快长大，我要保护妈妈。我不要她再被别人打。”

所以，那些伤害你的人，你可以选择不原谅。

没有一种爱能被无限透支

我们深信，只有学会了传播爱，才会得到更多的爱。

——麦家

在理想谷，阿谷君认识了一群善良可爱的小伙伴，我们一起去看望山区的留守儿童，一起去看望抗战老兵，一起去帮助被烧伤需要“熊猫血”的母亲，一起为贫困小学搭建图书馆……谈到爱，谈到爱心，阿谷君想到了罗一笑小朋友。

推开理想谷的小铁门，走过小水车，你会看到一个小黑板。上面的第一句话便是谷主麦家说的：我们深信，只有学会了传播爱，才会得到更多的爱。

网上疯转的文章《罗一笑，你给我站住》非常感人，打动了很多人。孩子是无辜的，阿谷君想大部分人都只是心存善意，希望能尽己所能，帮助这个可爱而不幸的孩子。

然而，事情仅隔一天就出现了反转，有媒体曝出这是一场营销，有公司利用这次事件吸粉。瞬间，舆论的焦点转移到罗一笑小朋友的爸爸罗尔身上。罗尔被爆料有三套房产，他夸大了医疗费用。最后，他将赞赏资金全部原数退回。

基于此事，“带血营销”一词出现，让人触目惊心。阿谷君在想，罗一笑小朋友，她的爸爸是爱她的，这么多陌生人也是爱她的，甚至在事情发生反转的那一刻，大家也都希望罗一笑小朋友能好起来。

这样的一场“带血营销”事件，可怕的不是一次难过和指责，而是人类的善心在一次次被欺骗之后可能会变得麻木、冷漠。没有一种信任能被无限利用，也没有一种爱能被无限透支。还记得《狼来了》这个寓言故事吗？后来没有人再相信放羊娃的话了，结果放羊娃的许多羊都被狼咬死了。而“带血营销”的后果，恐怕就是没有人再愿意伸出爱心之手，最后使得那些真正需要救命钱治病的人错过最佳的治疗机会。

理想谷的小伙伴们曾和社会爱心人士一起探望过一群抗战老兵，阿谷君也有幸见到了这些老英雄。他们当中年龄最小的已经九十二岁高龄了，有的双目失明，有的半身瘫痪，身体多半带着伤残。然而，他们的生活缺乏保障，有的仅靠一点点补贴度日，有的甚至还要出去乞讨……那天，听完老兵爷爷的故事，现场几乎所有人都泣不成声。

你可能不相信，但这个世界上真的还有很多人在为温饱问题发愁。那些不知名的老兵，那些大山里的留守儿童，那些穷困潦倒的残疾人士，他们没有钱吃饭，没有钱看病，没有钱上学……

美国作家菲茨杰拉德在小说集《那些忧伤的年轻人》里写道："这世上有成千上万种爱，但从没有一种爱可以重来。"阿谷君不知道"带血营销"事件会不会透支人们的善意和爱，所有人都不愿意看到社会变得冷漠。

有网友庆幸自己一分都未被骗，他说自己见多了这种骗局；有网友说，自己过着捉襟见肘的日子，但为了救人还是捐出了自己的吃饭钱，却没有想到一个父亲居然拿女儿的生命来营销，非常失望；也有网友说，他不知道以后要怎么去相信献爱心这件事，但如果看到了，他还是会尽自己的绵薄之力……

没有人会强求生活富足的人必须帮助生活困难的人，只是大多数人是善良的，会尽自己的一份力去帮助那些需要帮助的人。但是，这种善良绝不能被不良分子肆意利用。

善良是不应该被嘲笑的。无论事情是怎样的结局，那些善良的人都还秉持着一个美好祝愿：希望罗一笑小朋友能早日康复。在网络时代，人与人之间的距离看似拉大了，但有时也是紧密相连的，我们被网络这根光缆连着，也常常能找到让人暖心的温情。而那一次次利用大众善心的营销事件，它露出铮铮白牙，让人瘆得慌。

在金钱面前，人性的弱点暴露无遗。尽管如此，阿谷君希望人们还是能够秉持善良之心，在未来的爱心捐赠中理性判断，帮助那些真正陷入困难需要帮助的人。否则，等到有一天，人类的善良终于被骗光了，我们也许都得变得冷血又麻木。

是的，这世上没有哪一种爱可以被无限透支。阿谷君深信，我们只有学会传播爱，才会得到更多的爱。

冷漠，让我们对你说再见

传递爱是人间最美。当你向他人表达爱的同时，你也就得到了他人的爱。

——麦家

生活在现代都市里，每个人都不自觉地成了“演员”，戴着各种面具，扮演各种角色。我们的身体，已变得越来越麻木；我们的心灵，也早就习惯了冷漠。

说到冷漠，阿谷君想到了电影《刺猬的优雅》里丑陋的看门人勒妮死在大马路上的画面。为了救一个流浪汉，那个差点要被车撞死的流浪汉，勒妮冲了出去，挡在流浪汉的面前。接着，她被白色货车撞飞……那个时候，马路上并不是空无一人。勒妮躺着，没有人在乎她正在走向死亡，也没有人向她伸出援手……

而令阿谷君更为震惊的是电影里的剧情在现实生活中的上演。

这是来自网上的一段车祸视频。车祸发生在河南驻马店，一名女子过马路时被一辆红色出租车撞倒在斑马线上，她挣扎着想坐起来，又徒劳地躺下，直到第二辆车又从她的身上碾过……在两次被撞的一分钟时间里，共有十五辆汽车、二十多名路人经过，然而却没有一个人伸出援助之手，将被撞的女子扶起送往医院。

所有看过视频的人都在愤怒：为什么会视而不见？为什么没有一个人出手相助？为什么人会如此冷漠？这种冷漠，不由让人想起鲁迅笔下冷血而麻木的看客来。

我们在视频中可以看到，第一次被撞倒后，倒地女子身旁有很多车辆经过，他们都注意到了倒地的女子，明显放缓了车速。不少司机还刻意调整了行驶方向，以免撞到躺在地上的女子。而多名过路的行人，除了正常过路、不时回头张望外，还有人干脆就在路边围观起来。直到女子被另一辆车二次碾压后，才有人站到斑马线上掏出电话报警。

当人们都在感叹的时候，有人留言说：永远不要指望别人，别人帮你是情分，你应该感恩，不帮你是他的本分，你不应该怨恨。你改变不了别人，改变不了社会，只能改变自己。没事在马路上发什么呆？路人没有错，错在你自己和出租车司机。感恩帮助你的人，不要怨恨不帮你的人，因为我们都是凡人。

人要多么冷漠才能说出这样的话！

作家刘瑜在其代表作品《观念的水位》里这样写道：

> 没有一滴雨会认为自己造成了洪灾。当一个恶行的链条足够漫长，长到处在这个链条每一个环节的人都看不到这个链条的全貌时，这个链条上的每一个人都有理由觉得自己无辜。

“没有一滴雨会认为自己造成了洪灾”，就像没有一个行人会认为是他的冷漠酿成了悲剧。留言中说那种话的人不知道，社会变得冷漠，很多时候就是从他们的冷漠开始的。

愤怒之余，我们不禁要问：为什么人性会如此冷漠？

> 冷漠并非一种高尚的美德，而只是一种社会态度，人们因为得不到法律保护而把它当作必需。冷漠是一种自我保护的表现，如同乌龟进化出龟壳。

这是林语堂先生在《中国人的冷漠》一文里对冷漠的解读，换言之，人们之所以冷漠，是因为害怕，所以要寻求自我保护。

2006 年的彭宇案让所有人都怕了，担心自己的善意之举会给自己惹来麻烦：万一我去帮了被撞的女子，最后讹上我怎么办？万一被撞的女子本身就是为了碰瓷的呢？

在这种情况下，当我们通过理性的利弊分析之后，冷漠似乎成了最明智的一项选择。那这些路人有错吗？好像还真的不能说他们有错。你可以说他们冷漠，但你无法说他们有错。

如果真要追究错在谁，那就是施暴者，而非围观者。因为他们撞人了，杀人了，施暴了；而围观者，他们没有做任何事情。我们可以感叹社会的冷漠，却无法用道德去绑架任何人，因为趋利避害是人天然的本能。

尽管如此，但人的本质还是善良的，好人好事永远比令人寒心的事多，也足以证明这一点。阿谷君一直记得韩国电影《熔炉》里的一句话：我们一路奋战，不是为了能改变世界，而是为了不让世界改变我们。

我们不想再看到悲剧发生。所以，让我们对冷漠说再见吧！当遇到需要帮助的人，请热情地伸出你的双手，世界将会因你变得更加美好。

自闭症患者，需要我们温柔以待

我深信，只有学会了去传播爱，才会得到更多的爱。

——麦家

阿谷君的朋友圈曾被腾讯公益“小朋友画廊”刷屏了，感慨信息时代社会力量惊人之余，阿谷君还体会到了社会的温情。

这是一群特殊的“小朋友”，他们的年龄跨度很大，自闭症、脑瘫、唐氏综合征这些疾病让他们不得不面对自己一生都无法真正“成长”的现实。

2015 年，《中国自闭症教育康复行业发展状况报告》在世界自闭症关注日发布，儿童自闭症问题慢慢进入公众的视野。在报告中，有几条数据让我们震惊：一至十四岁自闭症儿童的数量超过两百万；全国自闭症个体可能超过一千万。由于公众认知的淡薄，相比发达国家，中国对自闭症儿童的关注来得太迟。

说起自闭症，阿谷君想到了央视电视节目《朗读者》里自闭症患儿的父母秋爸秋妈。

他们本是幸福的父母，拥有一对双胞胎儿子。然而，小生命是脆弱的，他们的宝贝秋歌和秋语在两岁时被诊断出患有自闭症。更残酷的是，哥哥秋歌于 2011 年还被查出患有白血病……

如今，这两个不幸的孩子已经十四岁了。孩子成长的这些年里，不知藏着秋爸秋妈多少心酸和泪水。遇上孩子也是自闭症患儿的父母时，秋爸甚至还拿出自己的遭遇安慰对方，“苦不苦，看看秋爸他们家两份堵；累不累，看看秋爸他们家两份罪。”

在节目中，主持人董卿泪光闪闪地问，“你们的这种勇气是来自哪里呢？”秋妈哽咽着回答，“我觉得是来自爱，还有一种为人父母的使命感。我唯一的希望就是，宝宝（秋歌）、贝贝（秋语）能够在这个世界上有尊严地活着。这一辈子我想做他们的守护神。我的愿望就是比他们多活一天。因为这样，我才能够多照顾他们一天。”

他们像所有的父母一样，希望自己的孩子能健康快乐地成长。然而，他们要面对的是孩子生病的现实，是世人的好奇心，以及迷茫的未来……自闭症患儿父母身上背负的压力是常人无法想象的。

阿谷君要和大家分享《爸爸爱喜禾》这本书，网友们称它是

“史上最深情的父亲用最动人最幽默的言语写给儿子的沉默”。书的作者是蔡春猪，也正是书名里的这位爸爸。

自从这个叫喜禾的小朋友被诊断出患有自闭症，他的世界就变了，变得没有爸爸妈妈，没有一切的喧嚣，只有他一个人。所以，他不懂爸爸，也不懂爸爸对他的爱，更不懂爸爸内心的痛……

演员何冰曾在电视节目《见字如面》里读过蔡春猪写给自闭症儿子喜禾的信——《那天，你被诊断为自闭症》。在那封信里，爸爸蔡春猪的心情是沉重的，但仍不忘不时插几句玩笑话，设想起孩子以后追女孩子的样子，苦难中不失乐观坚强……

何冰的朗读随着书信起伏。当读到蔡春猪带儿子去医院检查的段落，何冰读着读着也随之哽咽了。何冰后来说，“这封信太难读了。蔡春猪很爱他的儿子，因为我也有孩子，你想想孩子得了这个病，做父母是很能体会的。可是他写信的时候，是用非常戏谑的口吻写的，他把那个很悲伤的心情尽可能地掩藏，可是你还是能看得出来。我觉得他是难过到头了，就用了一些很痞的话，但我知道，他不那么写就写不下去了，就只能把这个事写得好像厚着脸皮说，特无所谓，但实际上那真是往心里扎。”

崔永元曾经给喜禾写过一封信，信中有段话特别令人动容：

> 喜禾小友，你是我交的唯一的一个得“自闭症”的朋友，可能我也是你认识的唯一的一个有“抑郁症”的叔叔。咱俩，天天，病并快乐着。

阿谷君想，这个世界上有一些人看上去和普通人没有区别，他们只是生病了，生了一种不普通的病，但这不应该成为他们遭受歧视的理由。知乎上有位自闭症患儿的父亲曾说，旁人的嘲讽和冷漠，才最令这条路举步维艰。也许，真的只有经历过的人才能了解，“自闭症”这三个字的重量，远远超出人们的意料。

罗曼·罗兰说，世界上只有一种真正的英雄主义，那就是在认清生活的真相后依然热爱生活。是的，人总是热爱生活的，哪怕是不幸的自闭症患者。阿谷君还要分享一下自闭症小画家 Iris 的故事。

小女孩 Iris 两岁的时候还不会说话，而且不跟人交流，对周围的事物表现出恐惧和排斥，她好像把自己封闭在一个孤独的世界里。当医院的检查结果出来后，Iris 被确诊患上了自闭症。

为了给 Iris 治病，妈妈 Johnson 辞去了摄影的工作，专心在家陪女儿。然而，Iris 似乎只活在自己的世界里，对外界发生的一切丝毫不感兴趣。“你永远教会不了她跳房子，等她长大后，你也没有办法跟她讨论爱情或新闻。”这让 Johnson 感到非常绝望，但同时也坚定了她要治好女儿自闭症的决心。

母爱是伟大的，Johnson 花了大量时间学习与自闭症有关的知识，生生把自己变成了一个自闭症疗育的专家。有一次，她无意间发现女儿竟然用手蘸着油漆在地板上乱涂乱画。这给了她一种启发：说不定可以引导女儿用画画来对抗自闭症？

让人惊讶的是，拿起画笔的 Iris 竟然异常安静和配合，特别投入，似乎真的在画画这件事上找到了兴趣。欣喜之余，妈妈将女儿的故事和画作分享到网上，不仅广受网友追捧，众多画廊更是愿意免费为 Iris 举办展览。

Johnson 意识到，还有更多像自己女儿一样的自闭症儿童需要帮助。于是，Iris 的父母用出售女儿画作所得的钱成立了一家自闭症儿童户外沟通俱乐部，无偿为自闭症儿童提供成长方面的帮助。

让人欣慰的是，Johnson 的陪伴慢慢起了作用，女儿 Iris 的状况也开始好转起来。

没有谁是一座孤岛，一颗封闭的内心也终将会被充满爱的世界所打开。这世上还有千千万万因为自闭症活在自己世界里的孩子，仅中国就有上千万，他们都需要被温柔以待。

也许我们不能走进这群孩子的内心，但我们可以给这群“沉默的天使”送去一丝温暖和鼓励，就像朋友圈里的“小朋友画廊”，这应该是最美丽的风景。

婚姻不应成为明码标价的“交易”

这个时代人心浮躁、欲望繁重，而难得内心的“满足”，因此人生至关重要的不过是寻求内心的宁静。

——麦家

中国式相亲的明码标价早已不是什么新闻了，可一张“中国式相亲鄙视链”的图还是刷爆了很多人的朋友圈。

“我们不找外地的”“有户口，轻度残疾也可以”“属羊的绝对不行”“连房子都没有，也敢来相亲……”张罗着为孩子相亲的父母们大声说着。

中国式相亲似乎已经变成了一门讲究资源对等和互换的“生意”。简而言之，就是男方家里有房有车，上的是名牌大学，他要娶的女子也应当是有房有车，学历不低。在这种“门当户对”

择偶观的驱动下，婚姻就成了一场交易。

每每看到这样的消息，总让阿谷君困惑：到底是哪里出了问题？

婚姻确实需要门当户对，但它说的绝不仅仅是学历、户口、经济这些物质条件的匹配，而更重要的是双方性格、价值观等精神层面的契合。如果两个人的精神追求不在同一个水平上，那即使物质再匹配，也只是貌合神离。

1915年，一位母亲在自己女儿订婚前忧心忡忡地提醒："林父只是一个牧师，林家是没有什么钱的！"

"那有什么关系？"女儿一脸的轻描淡写。

这位女儿便是林语堂的妻子廖翠凤。廖翠凤的父亲是一家钱庄的老板，还有着自己的码头、仓库和地产。然而，就是这样一位富家千金，爱上了牧师的儿子林语堂。

关于这门亲事，廖家起初并不同意，觉得女儿应该找个门当户对的人家，再不济也不至于嫁给穷牧师的儿子。奈何廖翠凤一意坚持，家人便也没再说什么。

对于廖翠凤来说，她看重的并不是对方的家产或者地位，只是看上了林语堂这个人，欣赏他的才气。

1919年1月9日，两人终成眷属。

结婚没多久，林语堂做了一件事，他把结婚证书一把火烧掉了。他对妻子说："把婚书烧了吧，因为婚书只是离婚时才用得着。"

这也许是林语堂对廖翠凤说过的最美的情话和最大的承诺了吧。

廖翠凤虽生于富贵之家，但也能操持家务、过平常日子。婚后有很长一段时间，他们生活辛苦，但即便是简单的饭菜，她也能做得花样百出。实在揭不开锅时，她还偷偷地当掉首饰维持生活。

两人的感情也一直很好，可以说是相濡以沫、携手共进。说起两人的感情，林语堂的语气中也不无自豪，也体现出他对爱情和婚姻的理解。

“我们现代人的毛病是把爱情当饭吃，把婚姻当点心吃，用爱情的方式过婚姻，没有不失败的。把婚姻当饭吃，把爱情当点心吃，那就好了。”

结婚五十周年时，林语堂送给妻子廖翠凤一枚勋章，上面刻着美国诗人詹姆斯·惠特孔莱里的诗《老情人》：

> 同心相牵挂，一缕情依依。岁月如梭逝，银丝鬓已稀。幽冥倘异路，仙府应凄凄。若欲开口笑，除非相见时。

他对她心怀感恩，对于他们的婚姻，他引以为荣，他曾得意地说：“我把一个老式的婚姻变成了美好的爱情。”

所以，门当户对也许并不那么重要，彼此磨合相互适应的爱情才能天长地久。

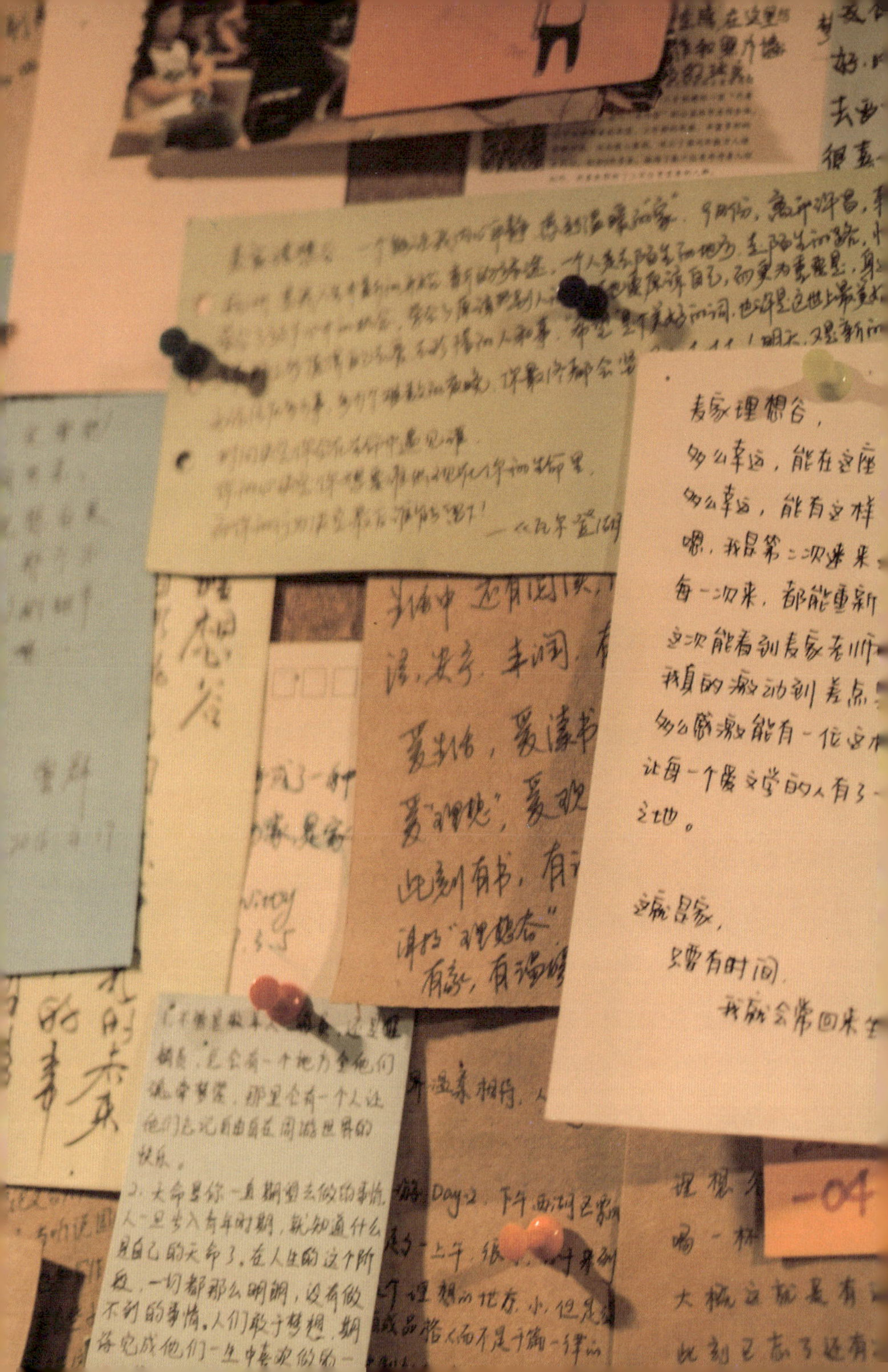
麦家理想谷，
多么幸运，能在这座
多么幸运，能有这样
嗯，我是第二次来，
每一次来，都能重新
这次能看到麦家老师
我真的激动到差点
多么感激能有一位这
让每一个爱文学的人有了
之地。
这就是家，
只要有时间
我就会常回来
-04

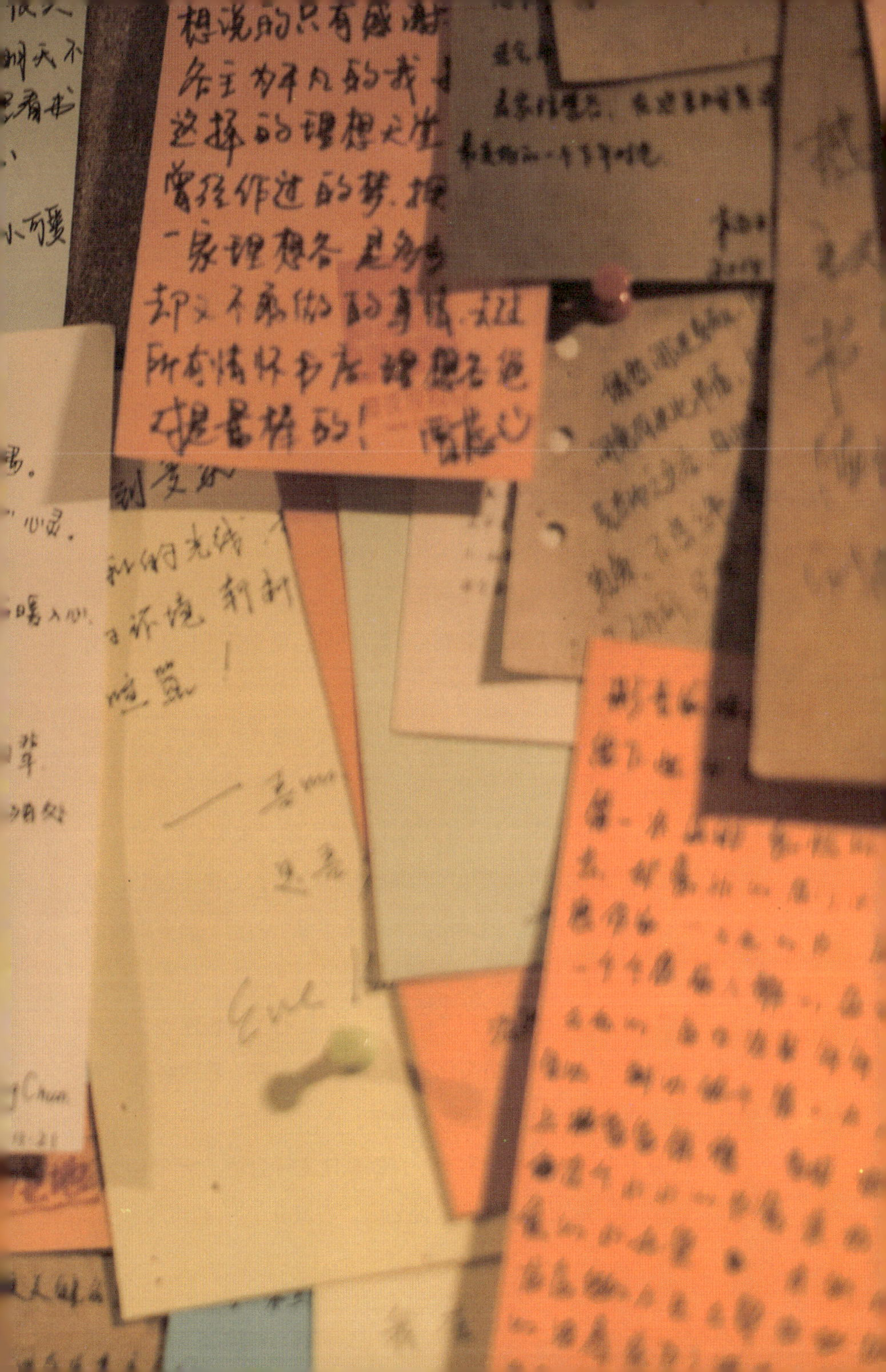

再来说说启功和章宝琛的佳话。启功是当代著名的教育家、文物鉴定家、国学大师、一代书画巨匠，被赞誉为“当代王羲之”。1932 年 3 月 5 日，天飘着细雨。这天，启功的母亲找来一个姑娘到家里帮忙祭祖，这个姑娘就是母亲和姑姑物色了很久为启功选中的妻子章宝琛。

对于这门包办婚姻，启功心里刚开始是抵触的。因为章宝琛比启功年长两岁，文化程度不高。而启功的祖先是雍正之子、乾隆胞弟，虽然家道中落，但也是知书人家。

启功觉得他和章宝琛之间的差距太大了，不会有什么共同语言，甚至都没太把章宝琛放在心上。只是，他觉得不应该违背父母的意愿，所以结了婚。

宝琛尽管学识不高，但勤劳善良，温柔质朴。婚后，宝琛把家里的一切打理得井井有条。家里来了客人，启功与友人盘腿坐在炕头上，围着火炉聊天，兴致来了整晚不睡。宝琛不插一句话，表现得极有涵养。启功的母亲和姑姑年迈多病，心情不佳时，难免会冲着宝琛发脾气，但无论老人说多不好听的话，给多难看的脸色，宝琛依然只是笑笑，不说话。

这一切，都被启功看在了眼里，记在了心里。慢慢地，他对妻子的态度变了，妻子虽文化不高，但人品很好，温婉娴淑、善良贤惠。启功开始爱上自己的妻子了。

在接下来的日子里，宝琛一直默默地支持启功，始终不离不弃。1957 年，启功被莫名其妙地划为“右派分子”，启功气不过，整天闷闷不乐。宝琛便劝他看开一些，“以前那么苦的日子都挺过来了，还有什么能难倒我们的？再大的苦，总有一天会过去的。”在那个动荡的年代，启功和宝琛的爱情显得格外感人。

后来，在启功六十三岁的时候，妻子宝琛去世了。这让启功悲痛欲绝。之后给启功做媒的人络绎不绝，更有不经启功同意直接领着女方前来会面的，启功都一一谢绝了。曾经沧海难为水，除却巫山不是云。启功说：“终其一生，我只爱宝琛，我的心里再容不下任何女人了。”

可见，真正的门当户对，不是结婚前的条件对比，而是两个人彼此适应、彼此包容。婚姻的纽带，不是物质，不是金钱，而是精神的共同成长，在最无助和软弱的时候，陪伴你左右，令你坚强，共同承受。

那时候，两人之间除了爱，还有肝胆相照的义气，不离不弃的默契，共同孕育的成长，以及铭心刻骨的恩情。

我们的岁月静好，因他们的负重前行

如果人生可以重新来，我可能会修改掉其中不少内容，但当兵这桩事是不会修改的，因为我基本同意父亲的观点：当兵是“美好的事情”，我的人生因它而被磨亮。

——麦家

庆祝中国人民解放军建军九十周年的那场阅兵，相信大家都和阿谷君一样，看得热血沸腾，为祖国的繁荣昌盛感到自豪，也被中国军人的飒爽英姿惊艳到了。

在和平年代，有这样一群特殊的人，他们将自己的青春奉献给了祖国和人民，他们用生命和汗水守卫着我们今天的幸福生活。哪里有需要，他们就出现在哪里；祖国一声召唤，他们就随时准备付出一切。

“不需要你认识我，不渴望你知道我，我把青春融进，融进祖国的江河。”歌曲《我爱你中国》的歌词诠释了他们的奉献，他们有一个响亮的名字：中国军人！从过去的战争年代，到现在的和平盛世，是他们，一直为我们的幸福生活负重前行！

中国军人，在不同的年代，都是伟大的存在。

作家麦家曾经有过十几年的军旅生涯，他在《非虚构的我》一书里回忆过自己当兵时的情景：

1981年，我参加高考，考了个全班第三。那时候是先有成绩再填志愿，填志愿是临门一脚，很关键。为此，父亲专门往县上跑了一趟，找人请教，回来就铁定地叫我填“解放军工程学院”（现更名为解放军信息大学）。

那时候我国南方正在打一场边境战争，母亲因此不同意，怕我被拉去前线有个“三长两短”。父亲火了，说长短了都是烈士，光荣的！我就这样当了兵。

在上学期间，我享受的是义务兵待遇，吃穿不要钱，每个月还发津贴，家里同样享受军属待遇，大门口贴着“光荣之家”的金字，过年过节政府还上家里慰问，发一些鸡鸭鱼肉和年画什么的。

父亲说，又上学又当兵，一文一武，学问和光荣两头都赚了，世上哪有这么美好的事，美好得很哪！到军校后，我的光荣感也达到极限，因为我发现有一半同学高考成绩都超过我几十分，我是高攀了。父亲知情后，又强调说这是"美好的事情"。

如果人生可以重新来，我可能会修改掉其中不少内容，但当兵这桩事是不会修改的，因为我基本同意父亲的观点：当兵是"美好的事情"，我的人生因它而被磨亮。

能成为一名军人，一直是很多人心中非常向往的一件事。知乎上有个提问：如何看待"当兵后悔两年，不当兵后悔一辈子"？有个回答让人感动不已：

我当兵的确后悔两年，不当兵也不会后悔一辈子。但是如果回到当初，我想我还会选择来当兵，因为我爱这个国家！新兵连指导员曾说过一句话，我一直记得。"如果你能活八十岁，今天你来当兵，你会为别人站两年岗，那么你生命中的另外七十八年别人也会为你站岗！"

在革命战争年代，无数的中国军人前赴后继，冒着枪林弹雨，用他们的身躯、用他们的鲜血，换来了新中国的成立。董存瑞、黄继光的故事是我们从小就耳熟能详的，在那个年代，当兵是一件异常光荣的事。只要祖国有需要，扛着枪就能上战场，保家卫国是头等重要的事。那时候流行着一句话："一人当兵，全家光荣。"无数父母就像当年刺字的岳母一样，亲手将自己的儿子送上战场，希望他们能建功立业，赶走侵略者。

而这些充满血性的中国军人也从不含糊，不怕牺牲，英勇奋战，就像那首我们熟悉的《大刀进行曲》里面唱的那样：

> 大刀向鬼子们的头上砍去！
> 全国武装的弟兄们！
> 抗战的一天来到了，
> 抗战的一天来到了！
> 前面有东北的义勇军，
> 后面有全国的老百姓，
> 咱们军民团结勇敢前进，
> 看准那敌人，
> 把他消灭，把他消灭！冲啊！

如果没有他们，就没有最后的胜利。但是胜利的代价是异常惨痛的，据不完全统计，在这场旷日持久的反法西斯战争里，中国军民伤亡人数在三千五百万以上。可以说，我们今天的美好生活，是无数革命先烈用鲜血换来的。

那是一段不能忘却的历史，那是一段刻骨铭心的记忆。那些伟大的牺牲，我们要世世代代铭记于心，革命先烈的血才不算白流！

电影《战狼 2》刷新了国产电影的票房纪录，这部电影之所以这么火爆，是因为它激发了观众的爱国热情，观众看到了中国军人在用自己的热血捍卫着我们！导演吴京曾经提到过这样一个细节，他说他想拍硬汉形象的电影，一部属于中国爷们儿的电影。关于主角的设定，他思考了很久，最终他发现只有军人的形象最适合！

比起曾经的革命年代，我们现在的生活无疑是和平多了，也幸福多了。但这一切，在我们看不到的背后，依然是中国军人们在默默守护着，我们的生活依然一刻也离不开这群英雄们。

更可喜的是，和平年代依然有很多年轻人向往成为军人。有个 90 后的朋友告诉阿谷君他为什么想去当兵：

> 我爷爷是抗日老兵，家里现在还有他的荣誉勋章。我爸爸也是退伍军人，当时也是先进士兵。当兵在我们家，似乎是一种传承，也是一件非常光荣的事。我从小是玩着我爷爷的勋章长大的。我和他们说我要去当兵的时候，他们全都非常支持我。

当今世界，恐袭阴影笼罩，地区战争不断。我们之所以能生活在这样一个充满安全感的国家，是因为我们的身边站着一群伟大的中国军人。

当你还在酣睡，他们早已出发；灾难降临，他们冲在最前面；面对熊熊烈焰，他们选择逆火而行；面对滔滔洪水，他们用身躯筑起长堤；面对地动山摇，他们用鲜血铺就生命通道。这就是中国军人，一切为了人民的利益，任劳任怨，无怨无悔，哪怕牺牲自己的生命。

无论严寒酷暑，他们的训练从不停歇。保家卫国，他们决不含糊。属于我们的领土，一寸都不能少！界线即是底线，犯我中华者，虽远必诛！

我们的岁月静好，是因为他们在负重前行。

悦读咖
麦家理想谷
很美的名字
Town.
很高兴来到一个让人真正沉下心，安静看书
约得书海的地方。
一杯花茶，一本图书，一个下午
岁月安好，期待再一次重逢时光！
2015.9.13
感谢这个地方
能从学业压力中安静下来的地方。
2016 4.17

谈书，话影

从爱因斯坦说起，聊聊天才的另一面

天赋是天给你的一个“长处”，但请记住，天给你一个长处的同时也会给你留一个“短处”。所以，不必过分去敬仰谁，也不必过分去贬损谁。日光下，一切都是时间而已。

——麦家

由美国国家地理频道首播的电视剧《天才》成功地吸引了阿谷君的注意，第一季围绕20世纪最伟大的天才爱因斯坦展开，阿谷君觉得这应该是把爱因斯坦“黑”得最惨的一次，看过的人也纷纷表示服气。

这篇文章阿谷君要好好聊聊天才的话题，聊聊天才鲜为人知的一面。

天才被拉下“神坛”

美剧《天才》的第一季将爱因斯坦的人生分为两条线：纳粹即将控制德国前，爱因斯坦的中老年时光；提出相对论之前，爱因斯坦年轻叛逆的青年时光。两条线交叉着进行讲述。

如果你以为这是部歌颂伟人的传记片，那你就错了。剧中对爱因斯坦感情生活的叙述一点都不亚于对他在科学方面取得的成就的赞扬。电视剧的第一集就丢了个猛料：老年爱因斯坦和女秘书在办公室偷情。而回到少年时期，爱因斯坦先是和老师的女儿玛丽谈恋爱，去苏黎世读书后，他又爱上了一个数学成绩比他还好的姑娘米列娃……不过，恋爱似乎对他的学习没多大影响，大神还是孜孜不倦地追求着他的科学的。总之，那时候的爱因斯坦满脑子只有两件事——姑娘和宇宙。

看完第一集，如果用咱们目前的标准去评判大天才的价值取向，阿谷君发现爱因斯坦有点“渣男”的属性。比如，爱因斯坦痛恨一夫一妻制，他对助理贝蒂还有理有据地辩解：“我爱莫扎特和巴赫，我爱瑞士的阿尔卑斯山和波罗的海，为什么我不能爱你和艾尔莎？”

在现实生活中，爱因斯坦和剧中也并无二致，纵观他的一生，无疑可以用放浪形骸来形容。在与他有染的十余个情人中，有贵妇、秘书、苏联间谍，甚至连他的继女他都没有放过。这和我们在教科书里认识的那个伟人爱因斯坦简直是两个人！

不过，这部剧应该说是非常大胆的，它并没有试图为天才立传或者刻意隐瞒有损伟人形象的东西，它没有，它只是用交代的方式让我们看到了天才的另一面。天才并不意味着完美。他对爱情有着自己的执着，他对世界原有的规则充满了质疑。这就是他，爱因斯坦。

阿谷君无意为爱因斯坦辩护什么，正如无法否认他的成就一样，我们也不能无视其放浪的个人生活。但其实，“天才”只是外界施加的一个称谓，抛开这个称谓，天才不过是普通人，也和普通人一样充满了七情六欲。

孤独是天才的宿命

电视剧《天才》的导演朗·霍华德拍过很多口碑良好的传记片，其中有一部同样是关于天才的故事，是的，就是那部《美丽心灵》。

2002 年，朗 · 霍华德凭借传记电影《美丽心灵》拿到了奥斯卡最佳导演奖。这部经典的电影讲述了数学家约翰 · 纳什的生平故事。纳什是发明“纳什均衡”博弈理论的数学天才，但他又是个饱受精神分裂困扰的疯子。天才和疯子之间，似乎只有一线之隔。因为性格上的缺陷，纳什与周围的世界格格不入，在现实生活中交不到任何朋友。

他接触的只有三个人：一个室友，一个小女孩，一个国防军人。这三个人，一度成了纳什生活中的安慰和依靠。这三个人对纳什来说是一种信念般的存在，以至于连纳什自己都分不清眼前的一切到底是幻觉还是真实。最后的结果证明，这一切都是纳什的幻觉，是由精神分裂导致的，包括那三个人也是幻觉所致。

他逃不出幻觉的控制，还曾两次被送进精神病院治疗。尽管出院后病情有所好转，并在1994年获得了诺贝尔经济学奖，但终其一生，纳什也没能真正摆脱精神分裂的影响，他一辈子都在理智与癫狂之间摇摆，始终无法靠岸。纳什的一生何其孤独。

天才极度聪明，又极度易碎

作家麦家在小说《解密》里是这么解释天才的：

> 天才之所以成为天才，是因为他们一方面将自己无限地拉长了，拉得细长细长的，游丝一般，呈透明之状，经不起磕碰。

容金珍便是一例。孩童时期的容金珍经常数着梨花和蚂蚁度日，以此来计算自己跟养父共同生活的日子。成年之后依旧自闭脆弱的他，每天面对着墙上五颜六色的图表和数字涂涂抹抹、寻寻觅觅。在破解那部所有人都无计可施的密码之前，他在同人眼中不过是一个懒散的闲人。

进入秘密单位701仅一年多时间，容金珍就充分发挥出了他的数学天赋和破译才能，破译了当时横亘在701所有人面前的大难题——“紫密”。才一年多时间就破译了“紫密”，这是别人想都不敢想的事。但是容金珍做到了。自此，这位天才的人生走上了一个高峰，也被众人期待着能登上下一个高峰——破译“紫密”的姊妹“黑密”。这是敌国当时的最高机密。

然而，孤独、易碎、脆弱、敏感，这是天才的宿命。

一次大意折断了一个天才的翅膀：小偷在火车上偷走了容金珍的皮包，里面有他工作用的绝密笔记本，那上面记录了他关于黑密的所有想法，那是他的命，是他的根，是击碎他灵魂的钥匙。容金珍崩溃了，他伤心，病狂，致疯，成了废人。曾经的民族英雄，最后落得在疗养院中度过痴呆的余生。谁也无法相信，一个如此强大的人，一个有着如此高度和深度的人，人类的精英，破译界的英雄，最后竟会被一个街头小偷击得粉碎。

还有一个令阿谷君心碎的天才，作家麦家的小说《暗算》里的瞎子阿炳。

阿炳在听力方面的才能无人能及，“他身上的每一个汗毛孔都是耳朵，”任何声音都逃不过他的耳朵。这样的人去搞侦听工作，那是再好不过了。小说里称之为“听风者”，非常形象，无音不闻，无所不知。于是，有着“特异功能”的阿炳被钱院长带进了秘密单位 701，开始为国效力。

天才总是如此相似，除了听力异于常人外，阿炳在其他方面就如同一个傻子。他生活自理能力极差，也缺乏常人的理性和思辨能力。而对于自己认定的东西，他变得异常坚定，容不得半点质疑。这说明他内心其实是非常脆弱的，就像一件精美的玻璃器皿一样，经不起任何打击。这似乎也就注定了阿炳的悲剧命运。

阿炳凭借天才的听力成功监听到众多敌方电台机密，屡屡立下奇功后，组织为阿炳安排了一门亲事，他和一位叫林小芳的姑娘喜结连理。组织想必也是想找个人照顾阿炳，可谁也没想到，这段婚姻竟毁了阿炳。

阿炳天生不能生育，但他自己并不知。婚后一年眼见妻子还没怀孕，阿炳急了，认定是妻子林小芳的问题。他开始恼她，而林小芳因为担心被阿炳抛弃，无奈走上了一条致命的路。她怀上了别人的孩子，告诉所有人这是阿炳的孩子，她以为这样神不知鬼不觉。

但这一切都逃不过阿炳的耳朵。上天赐给了阿炳能听万物之声的耳朵，而正是这天才的耳朵将他推向了死亡。阿炳听出来孩子不是自己的，面对这样的背叛，他没有选择。固执如他，他知道自己只有死路一条，他选择了自杀，他的耳朵再也听不到人世间的任何声音。

阿谷君看到过这样一句话：天才，其实仅仅是比人才多了个“二”而已。抛开天才的标签，他们也仅仅是普通人而已。天才也是人，也会糊涂，也会犯错。只是，天才一旦犯起错误来，后果必然是巨大的、惊人的。他们失去的和获得的同样多，甚至失去的比获得的还要多。

张爱玲在她十八岁时曾创作过散文《天才梦》，里面有段话写道：

> 我是一个古怪的女孩，从小被目为天才，除了发展我的天才外别无生存的目标。然而，当童年的狂想逐渐褪色的时候，我发现我除了天才的梦之外一无所有——所有的只是天才的乖僻缺点。世人原谅瓦格涅的疏狂，可是他们不会原谅我。

对于天才而言，很难说这样是幸运还是不幸。

十二年磨一剑，他们被赞振兴了中国动漫

记住，当你发现某种天分，请盯紧它，如同盯紧你的生命，然后朝着它来的方向寻去，以疯狂的坚持，歇斯底里的坚持，打破砂锅问到底的坚持，直到它逃无可逃，撞进你的怀里。

——麦家

2015年暑期上映的电影《西游记之大圣归来》，导演田晓鹏经历了八年的酝酿、三年的制作，砸锅卖铁才把这部中国动画现象级的作品搬上银幕。

2016年年初票房突破三十四亿的电影《美人鱼》，五十岁的周星驰还在坚持他的赤子之梦，把所有的美好和纯真都留在了这部影片中，他相信世间真的有美人鱼存在。

热播的电视剧《解密》根据作家麦家同名小说改编而成，这

本书麦家写了十一年，被退稿十七次，终被誉为“三十五年来最伟大的中国小说”。

…………

他们耗尽十余年的光阴,只为完成心中的一个梦。而电影《大鱼海棠》，同样源于十二年前的一场梦。

2004年，电影《大鱼海棠》的导演梁旋还是一名清华大学热能动力专业的大三学生。他拉上清华美院的好友张春，两个人一起做成了一个七分钟的Flash（动画）短片，成为当时互联网上点击量最高的动画作品，这便是《大鱼海棠》的雏形。

以现在的眼光来看，这个短片看起来可能还比较粗糙，但在当时，这种具有浓郁中国风的作品实在不多见。

“如果把这个短片做成电影，应该是一件特别美好的事情。”怀揣着“做心目中最美好电影”的初心，年仅二十一岁的梁旋从清华大学退学，和张春一起创立了公司，开始了《大鱼海棠》剧本的前期准备。

尽管电影样片早在2009年就获得业界的一致好评，甚至被法国蓬皮杜国家艺术文化中心收录并赞誉为“最杰出的艺术品之一”，但在随后的几年里，由于资金不足，他们还是不得不暂停制作。

2013年，山穷水尽的梁旋在微博上发起众筹，也正是因为这次众筹的举动，引起了光线传媒的注意而最终获得了投资。自此，影片制作重新走上了正轨。

《大鱼海棠》可能是阿谷君看过的片尾最长的一部电影，它将所有参与众筹的人的名字都记录在了电影里，正因为他们，才有了如今的《大鱼海棠》。

> 所有活着的人类，都是海里一条巨大的鱼；出生的时候他们从海的此岸出发……他们的生命就像横越大海，有时相遇，有时分开……死的时候，他们便到了岸，各去各的世界。

电影讲的是一个关于报恩的故事，也是关于少女的成长。故事发生在我们肉眼无法看到的另一个世界，少女椿为报答无名少年的救命之恩，反抗神界，冲破重重阻碍。

献唱主题曲的香港歌手陈奕迅曾表示，从遇见《大鱼海棠》的最开始，就被电影美好的世界观和影片想表达的情感打动。在录制主题曲的时候，他唱了三遍，每次都忍不住落泪。

除了十二年一梦的情怀，以及纯真浪漫的世界观，《大鱼海棠》还是一部只有中国人才能拍好的电影。预告片中的唯美画面，如同水墨动画一般，是独属于东方人的一种艺术，就像全世界只有日本能拍出《火影忍者》一样。

电影的整个故事场景发生在历史厚重的客家土楼，独一无二的山村民居建筑，为《大鱼海棠》赋予了中国文化的烙印。影片的人物设定也来源于中国传统文化，如“椿”就取自庄子的《逍遥游》：

楚之南有冥灵者，以五百岁为春，五百岁为秋；上古有大椿者，以八千岁为春，八千岁为秋。

有人说这部电影带着浓浓的“宫崎骏画风”，他们一看到《大鱼海棠》里的某些元素，第一反应就是模仿宫崎骏的电影《千与千寻》。“我并不在意大家觉得我们像谁，我只关心我们创造的梦是否来源于我们灵魂深处，能否打动观众。”这是导演梁旋在法国得奖后被采访时说的话。

真正能打动人心的，不只是情怀，还有质量。《西游记之大圣归来》的大热，有支持国漫的情怀，更因其精湛的画风让人看到国漫崛起的希望；《美人鱼》的高票房，不只因为“我们都欠周星驰一张电影票”，而是因为它是独有的周氏喜剧；同样，小说《解密》被国内外认可，也是因为作家麦家十一年的精心雕琢，而使作品质量让人叹服。

高质量是推翻诋毁的最好武器，这需要坚持不忘的初心和精益求精的匠心。十二年时光荏苒，十二年长久的期盼与等待，十二年磨一剑的导演梁旋和张春，从少年变成大叔却始终不改初心，终于将这部心血之作送上银幕。

生活不止眼前的苟且，还有诗和远方。但是，除了诗和远方，生活还有理想和希望。每一个梦都会醒来，所有的坚持也都会开花。十二年一梦，一群人陪着梁旋做了这场梦，最后梦醒了，他也真的做到了。

阿谷君把电影外的故事分享给有梦的你，愿你大梦一场终成真。

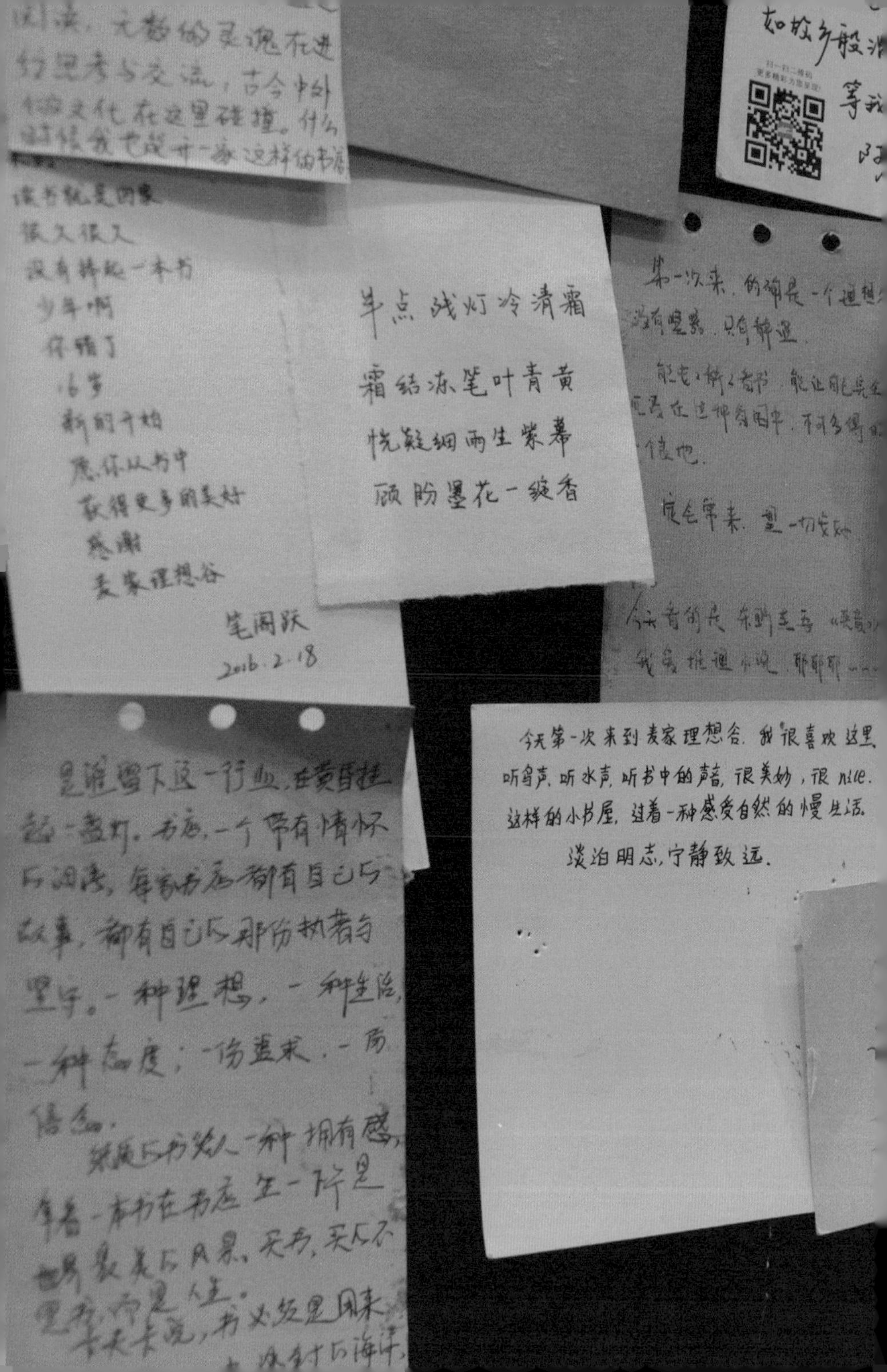
读书就是回家
很久很久
没有静读一本书
少年啊
你错了
16岁
新的开始
愿你从书中
获得更多的美好
感谢
麦家理想谷
笔阅跃
2016.2.18
半点残灯冷清霜
霜结冻笔叶青黄
恍疑细雨生紫幕
顾盼墨花一缕香
今天第一次来到麦家理想谷，我很喜欢这里，
听鸟声，听水声，听书中的声音，很美妙，很nice.
这样的小书屋，过着一种感受自然的慢生活。
淡泊明志，宁静致远。
一种理想，一种生活，
一种态度，一份追求，一份
信念。

为了自由，猴子要争个光芒万丈

我们的人生不止有当下感，还有永恒之感，为此我们必须站在生存之外思考生存。

——麦家

猴子有一个梦：当他飞起时天让开路，入海时水也分立两边，众仙诸神见他称兄弟，天下再无可拘他之物，再无可管他之人，再无他到不了之处，再无他做不成之事。

他慷慨激昂，勾销了万千生灵的生死簿，“什么生老病死，一边玩去。我要的是长生不老。”他大闹天宫，把天庭搅得乌烟瘴气，“从今以后一万年，你们都会记住我的名字，我的名字叫作‘齐天大圣孙悟空’！”

他金光闪闪，简直帅出天际！“无敌是多么寂寞……”猴子一路引吭高歌，以为自己一辈子都会活在风光之中。

起初，猴子想打败的只是对面树上抢他面包的公猴。后来，猴子长大了，公猴老了，他不用怎么费力就能痛扁公猴一顿。再后来，猴子当上了猴王，他发现这个世界除了猴子，还有老虎、熊、豹子……简直没完没了！

他开始害怕。害怕衰老力量消逝，害怕失败遭人耻笑，害怕一不留神就灰飞烟灭。每天枕戈待旦，如临大敌。他开始思考：活着到底是为了什么？每次技能的点亮和法术的提升，都能让他站上更高的平台，看见更大的世界。但同时，又让他觉得自己更渺小更无力。英雄也有厌战的时候，因为战争胜利只会招致更大的战争。而他已经越来越力不从心，他不知道自己是不是可以永远赢下去……

猴子是紫霞心中的盖世英雄，她觉得他与众不同，因为他有天界众神没有的灵气，他是规则以外的异数，是真正可以交心的人。

猴子也爱着紫霞，但他总是嘴硬不承认，也许是因为他更爱自由。有一天，在高高的山崖上，他在月夜中眺望大海，极目之处，无边无界，他却不能再前进一步。“可恶！为什么还有地方我到不了！”那是猴子第一次感到无能为力。

猴子有一群朋友，他们各自有各自的幸福，但各自也有各自的不幸。

白龙马是一个见识不多的花痴少女，迷上了心地善良且目光温柔的唐僧。她只想做驮着唐长老屁颠屁颠西行的坐骑，也不愿成为天庭愁眉苦脸的妃子。

天蓬深爱着阿月女神，所以当孙悟空搅乱阿月花几万年心血造化成的星云时，怒发冲冠，恨不得手撕这只猴子，为阿月出这口恶气。

唐三藏爱的是真理。他喜欢思考人生，“何人生我？生我又为何？”“既带我来，又不指我路……为何，为何啊！”他日思夜想也想不明白，自此以后，再也没睡过一个好觉。

沙悟净只想寻求一个解脱。当年打碎琉璃盏被玉帝罚下天庭，他日日夜夜搜寻散落在人间的琉璃碎片，只为还自己一个自由身。“只差最后一片了啊，只差最后一片了啊！”他逢人就像祥林嫂一样絮叨。

猴子发现身边的每个人都深陷自我的执念，对他们来说，那意味着一切。如果有人胆敢把谁的念想摧毁，那么看起来软弱可欺的八戒、凡事好商量的沙僧，也会露出狰狞可怕的一面。

有时候就是心爱的东西被撕碎了，被人欺骗了，然后才开始怀疑。怀疑神，怀疑上帝，怀疑一切。不知多少次从噩梦中惊醒，猴子在梦里看见死神朝自己张着血盆大口。“任何时候任何人都会随时没有明天的！”猴子终于觉得有些累了，现在他不想救苍生，他只想救自己。

如果注定无法改变规则，那至少要成为规则中的有利一方。于是，他妥协了。他过滤掉内心真实的声音，甘愿受封做一个混吃混喝游手好闲的神仙。可不知为什么，他感觉日子过得很空虚，越来越焦躁，越来越不安。

所谓的洒脱，不过是一场自我欺骗。每个不甘成为棋子的人，都会找回自己。何况他是孙悟空啊！“我要你记住你是一只猴子，因为你根本不用去学做神仙，你的本性比所有的神明都高贵。”听完紫霞的话，猴子怅然若失。那个披黄金战甲、视天神如无物的凛凛英雄呢？那个一言不合就敢怼天怼地怼神佛的齐天大圣呢？那个说过要永远守护着花果山猴子猴孙的山大王呢？

他失声痛哭，痛苦的脸上写满惊惶，“不，不应该是这样的！”然后，他突然想起什么似的，开始朝天空怒吼，“我要这天，再遮不住我眼；要这地，再埋不了我心；要这众生，都明白我意；要那诸佛，都烟消云散！”

说罢，金箍棒往地面一砸，地动山摇。“如果无法保护自己所爱，如果妥协只会换来更大的伤害，那么生有什么乐趣？死又有什么要紧？至少我不顾一切地奋斗过，争取过！”

生活从不太平美满、如我们所愿。沙悟净花五百年才集齐的琉璃盏，王母娘娘一个不小心就摔个粉碎。天蓬用尽力气小心翼翼守护的爱情，因为一个玩笑似的诅咒变成永无可能的幻梦。生命有多长，禁得起这样的消耗？爱要多勇敢，才能有始有终？

猴子大笑着殴打神仙，大笑着毁灭一切，他知道神永远杀不完，他知道天宫无边无际，但在战斗中死去，是他唯一也是最后的反抗。人终将是时间的手下败将，区别在于有人活过，有人爱过，有人只是匆匆路过。

既然这是一条无法回头的路，不如就走得更欢快些，更昂首挺胸些。那些路边的花花草草，如果让你开心就多瞅几眼；如果你更爱星辰和夜空，那就在夜深时为它们驻足。如果梦想是远方，就只顾风雨兼程；如果所爱在身边，就一心一意地坚守。这样，在生命的最后才有勇气对自己说，至少这个天地，我来过，我奋战过，我深爱过，我不在乎结局。

猴子临死前说，他忘不了东海水，忘不了花果山，忘不了西天路，忘不了路上的人。他是幸福的。

同在“江湖”，却有人身由自己

人对自由的渴望与生俱来，但人丧失自由权似乎也是与生俱来，甚至当你彻底自由时又想逃避自由。也许，人们对自由的向往是一种误解，是人所以困惑的旁证。

——麦家

众生如蝼蚁，囿于修罗场。

绣春刀，飞鱼服，时隔三年，沈炼再一次从大明的浮生乱世中踏血而来。

看完电影《绣春刀Ⅱ：修罗战场》之后，阿谷君觉得这三年没有白等，隔着屏幕都能感受到那一股比杭州的天气还热的狂热血性：在这样的世道里，想换个活法！

“歌女的歌，舞者的舞，剑客的剑，文人的笔，英雄的斗志，都是这样子的，只要是不死，就不能放弃。”这是古龙笔下的江湖，阿谷君觉得可以再加一句，“绣春刀的刀。”

然而纵使不愿、不能、不想放弃，谁又有资格去选择。于是，不甘沉沦的小人物，终究成了权力的刀下亡魂。爱情、情谊、权力、欲望，在《绣春刀Ⅱ：修罗战场》中，你会看到一群真正的人，江湖里的人。没有谁是绝对的好，也没有谁是绝对的恶。

大时代里的小人物，是命运洪流里的浮萍。但是又不甘沉沦。所有的故事，都是关于人的故事。所有的人，都是时代的人。

如何才算不白活

影片一开场，张震饰演的沈炼和张译饰演的陆文昭深陷死人堆，万骨埋于此。他们一身伤痕，身边是修罗场。周围的人已经全部倒下，有战友，也有敌人，血肉模糊的身躯，早已分不清谁是谁。在权力的棋局中，走卒的死，死不足惜。

这是天启七年，崇祯皇帝继位前夕。大明的天下阉党横行，草寇四起，魏忠贤的邪恶势力遍布朝野。正义被邪恶逐渐压倒，民不聊生，活着，形同走兽。

面对茫茫尸首，生如蝼蚁，命同草芥，这个男人流下了眼泪。陆文昭拒绝了，他已经死过一次，他不想再这样白白地活。

“几十万条人命，像割草一样没了。要想不这么死，就得换个活法。”

是的，陆文昭换了一个活法。只是，他没有料到，八年后卷入政治旋涡的两人面对的是比萨尔浒战役更惨烈的修罗场。权力的争斗，他这样的小人物，可杀可辱。

而此时的沈炼依旧不为所动。这样的沈炼，他不是揭竿而起的少数者，但也不会成为为虎作伥的大多数。他心中有所坚持，但是乱世之中的人，不是谁都能改变这个世道，不是谁都能成为英雄。

此时的沈炼，和陆文昭相比，他没有那么在乎活着的意义，因为能活已是一件不容易的事。不是谁都有权利选择如何活，想要改变活法，需要付出沉重的代价。

陆文昭的代价是在敌人面前卑躬屈膝，在官场含笑隐忍，谁都当他是个为了名利不择手段的小人，谁都认为这样的人不足为惧。他一直遵从八年前萨尔浒战役说下的那句话，只是，他依旧没有换个活法，他还是那死不足惜的走卒。

陆文昭恍然大悟，他知道自己早已逃不出这修罗场。他虽不是英雄，但也不是恶人。他有过梦想，也有正义。他的活，到最后才是悲壮的，苍凉又悲壮。这也像极了电影《师傅》里的一句台词，“这样的江湖里，谁又能自己做得了主。”

人活着，并不只是为了自己而活

在世道荒乱的江湖里，锦衣卫的名字令人闻风丧胆。锦衣卫作为权力的工具，活得像杀人机器。“无常簿”上的记录，白纸黑字的落地，都成了要人性命的证据。黑白不分的乱世，不管是谁都活得战战兢兢。这样的世道，谈何活着？

他们的活着，既残忍又无可奈何。

雷佳音饰演的裴纶，作为锦衣卫的一员却呈现出了不同的烟火气息。他斜歪嘴的笑，叼着烟斗，不动声色地观察所有的人。雷佳音演技炸裂，坏的时候坏到毛骨悚然，好的时候又好成一个小可爱。他活着，会为欲望而争斗，也会为了手足之情而奋不顾身，与敌人死磕到底。他的活，为这个杀人如麻的世界增添了一份暖色。他的活，让人知道乱世之中也会有一份简单的情意。

沈炼的活着则像极了我们中的大多数人。经历了残酷的戕害，看过了残酷的修罗场，依旧无能为力。于是，不再幻想拯救世界，而是对命运施与的一切逆来顺受。起初的沈炼就是这样的一个人。他不是一个英雄，甚至都算不上真正的好人，他为了自己活命接连杀害同僚；而他又很善良，看不得同僚欺辱女人。他从未放弃希望，收藏北斋讽喻时政的书画便是他内心渴望的一种寄托。那是他心底最细腻柔软的所在。与其说他是被迫卷入了这场改朝换代的战争，还不如说是他内心的渴望在驱动着他。出于对北斋的好奇，他被带入了混乱的朝局，不得已要换个活法。他为北斋拔出了绣春刀，为了守护北斋，也为了守护自己心中的净土。他从一开始只是活着，到最后才明白自己为什么而活。

北斋在整部影片里应该算是最理想化的一个角色。因为一句诗词，她遭遇满门抄斩，至此流落。后幸而被人救，让她找到了那个能改变这个世界的人。于是，她将一切化为笔锋，为了帮助这个男人，她可以付出全部的爱和生命。她一心只为自己的所信而活，坚持的不过是内心最纯粹的坚守。世道阉党横行，她只是希望能改朝换代，却不知道任何的政权建立都会沾满无数的鲜血。她如此信任的人，也没有办法拯救他们之间小小的情愫。她最终知道，这一切，不过是政权的阴谋。“若是活着只为了活着，这样的活法，我绝不能忍受！”她的活，更纯粹，更心动，却也更让人绝望。

陆文昭为了换个活法，甘愿牺牲自我；沈炼为了换个活法，触犯了规矩；北斋为了换个活法，甘愿付出生命……

谁都要有血有肉地活，在活着的过程中，没有极端的恶，也没有极端的善。大部分人都只是普通人而已。不论在什么时代，最难活的也永远是普通人。然而，在做不了主的江湖里，我们最终也想奋力一搏，去活着。

活着，就要有活着的意义

金庸小说《笑傲江湖》里的任我行说过：有人的地方就有恩怨，有恩怨的地方就有江湖，人就是江湖。在和平年代，武侠的江湖代表了对自由的追求。但是，江湖亦是现实的，它会告诉你：人在江湖，身不由己。

无论是武侠剧中的江湖，还是我们的现实生活，武侠注定是心中血性的一面，江湖太大，我们过于渺小。无论哪个年代，我们的生活总会伴随太多的无可奈何。职场上的你要压抑自己的情绪，朋友圈里表现的永远是积极正能量的一面。又有多少人，表面刚强，却在深夜里独自哭泣。表面的光鲜亮丽人人都能看到，背后的心酸苦楚却鲜有人知。

电影里东厂都督赵靖忠对沈炼说了这么一句话，“你们这群蝼蚁一样的东西，死活有谁在乎？”沈炼说，“若是活着只为了活着，这样的活法，我绝不能忍受。”

最后，给大家分享阿谷君特别喜欢的一段话，来自三毛的《亲爱的三毛》：

> 请你，担负起对自己的责任来，不但是活着就算了，更要活得热烈而起劲。不要懦弱，更不要别人太多的指引。每一天活得踏实，将分内的工作做得尽自己能力之内完美，就无愧于天地。请放眼去望一望，这个世界上，有多少事物和人，是值得我们去真诚地付出，也值得真诚地去投入——这里面，也包括你自己。请不要小看了自己，试着自爱，而不是自怜。

倾一座城给她的爱，也只够活十年八年

也许就因为要成全她，一个大都市倾覆了。

少年时看张爱玲笔下的《倾城之恋》，只觉那是一种说不出的浪漫。在烽火之中，穿过层层废墟与烟火，能紧握相爱之人，能不浪漫吗？死生一刻，万物将毁于一旦，灰飞烟灭。能与心爱之人死于同穴，不也是一种幸福吗？

可是，这样的浪漫与幸福，张爱玲却道出，只够活个十年八年。

事实上，在这场情爱的追逐中，一开始便不公平。白流苏这个离了婚的女子，回到“落魄户”的娘家，遭尽嫌弃。她没有活路。在那样的家庭中，她既不能出去交际，也无法寻得一职务。她只能去抓住一根外来的稻草，方能使她求生。

无论他姓范，抑或姓王、姓李，但凡是有身份的人，能给她个名正言顺的名分，就行了。她若能赢，便出尽胸中之气。她若输，名声扫地，也不过是继续苟且。一如她离婚之后，在娘家度

过的几载时光。

而范柳原，他却是在求欢中求爱。表面上看，他为之付出真心，真正地在追求一场自己能做主的爱恋。他爱白流苏，他便要流苏也爱他，并不是只嫁与他。他要的是情，是爱，不是一份责任。于他而言，娶一个妻子太容易，爱一个人太难。但是，于白流苏，成为一个人的妻子太难，爱一个人更难。

在这样兵荒马乱、封建礼教依旧扎根于心底的时代，他们终究都做不了主。

即便是拥有金钱地位的范柳原，他也做不了主。他从小的经历让他做不了主，他奢望一个女人爱他，而不是爱他的身份地位，他做不了主。他正正经经地成为一个女人的夫，忠于她，他也做不了主。

白流苏呢，她看似别无选择，却比范柳原来得真实。所以，她想要逃离那个拥挤的、虚假的世界。但是，她做不了主。她没有本事，她学到的仅仅是如何成为一个贤惠的妻子、细心的母亲，学会如何好好持家。她做不了主去爱一个人。爱一个人于她而言，太奢侈，她要的是存活。

这样一个自私的男人和一个自私的女人，在盛世太平之下，定是无法在一起的。而恰恰是在兵荒马乱的香港，成全了他们。这样的沦陷，让千千万万人死去，千千万万人遭受分离与苦痛，却成全了他们做了一对平凡的夫妻。

“倾城”之后，他们彼此看得透明透亮，开始真正相爱起来。

在那一瞬间，白流苏明白在这动荡的世界里，钱财、地产这些全不可靠，而重要的是身边的人。于是，白流苏成了范柳原名正言顺的妻，而范柳原也把她当作自己人。他得到了真正爱他的妻，他心满意足。但是，那个时代，那一堵高得望不见边的墙，即使文明被炸毁了，城市沦陷了，也依旧还在。

白流苏成了家里贤惠的妻，此时的她没有了求生的欲望，又该如何消磨以后的岁月？现在，她再也不用求生了，那如履薄冰的生活，早就被炸毁了。她不用再遭尽世人的白眼和嘲讽，如今的她，是一个有身份的太太，再也不用求生了。那她应该求什么呢？

也许过了时日，她也会求欢、求爱。虽然她知道自己不是下流人，她管得住自己，可是，她也许管不住自己发疯。她的世界清静了，她还能小小地做得了主。可是，她最最在乎的还是那个身边的人。而那个身边的人，长久地在外面混迹，那些坏的、脏的，也许连他自己都分不清是别人的还是自己的。然而，人终究逃不过时代的烙印。倾一座城成全白流苏的爱，也不过如此。他得到了心中的爱，也就罢休了。

于是，他再不跟她闹着玩了，他浪漫的俏皮话也已不再说给她听，而是说给别的女人听。他们真正成了那个年代一对平凡的夫妻，即使动荡、变革，也依旧改变不了那根深蒂固的天理人情、三纲五常……

世态苍凉，她本以为终于能有个安顿的家。在这处处不得志、动荡不安的时代，她以为自己能偷得一晌贪欢。然后，终究是痴人说梦。

这大半个岁月，也不过如此。倾了一座城给他们的爱，也不过如此，只够他们在一起活个十年八年。

说出隐藏三十年的秘密，是他对爱的忏悔

人唯有在痛苦时才见得到自己的灵魂，越是痛苦越是清晰。

——麦家

说到央视的电视节目《朗读者》，大家一定很熟悉。阿谷君也想聊聊“朗读者”的话题，不过，阿谷君要说的并不是电视节目，而是根据本哈德·施林克的同名小说改编拍摄的电影《朗读者》。

电影讲述了男孩米夏和女人汉娜之间的故事，更折射出近代德国人对于历史、暴行与原罪的自我鞭笞式的反思。电影里那疯狂的令人心碎的爱，在弗拉基米尔·纳博科夫的小说《洛丽塔》、托马斯·曼的小说《威尼斯之死》、戈特弗里德·凯勒的小说《乡村的罗密欧与朱丽叶》中也能找到相似的画面。可是，当你在电影里见到汉娜·施密茨的时候，你会忘掉洛丽塔、黛茜……并不

是汉娜有多美，事实上，她已是中年，早已没有了少女的容颜。但是，就是这样一个倔强而孤傲、柔美又冷峻的女子，让人见了又恨又爱。

电影《朗读者》于2008年上映，第一次看到女主人公汉娜的扮演者凯特·温斯莱特出现在电影里的时候，阿谷君觉得这就是小说里的汉娜：她有着与生俱来的男性阳刚之气和女性柔美之态，她眼中的冷峻与执念，她的成熟之态，她用终身监禁来守护秘密的悲壮，以及她用死亡来告别爱的决绝。没有人比凯特·温斯莱特更适合这个角色了。

一个人喜欢或者不喜欢一个人，对方的气味会融进相处时的空气里。十五岁的少年米夏，第一次遇见汉娜的时候，他便闻见了她身上那股淡淡的、新鲜的汗味，那是一种他爱闻的清新的味道。

她喊他“小家伙”，这是他们在雨中的第一次相遇。得了黄疸病的米夏在街上呕吐，正巧被路过的汉娜看见，她给予了他帮助，帮他清理污秽，并送他回家。此时，米夏正情窦初开，汉娜成熟又独具魅力的风格俘获了他。

于是，当米夏再次站在汉娜家门口以感谢其救命之恩时，他们进入了情欲之欢。汉娜让米夏为她朗读《奥德赛》《爱米莉亚·迦罗蒂》《阴谋与爱情》等书籍，她则用身体去满足少年的生理需求，他们充满激情的忘年恋就此萌生，一段萍水相逢的

故事也就此展开。

然而，这只是个悲凉的爱情故事的开始。

他们相识于1956年的西德，那时的德国被冷战的铁幕笼罩，二战的创伤未愈、疯狂未灭、野蛮不散。那一代人的心里总有着难以启齿的纳粹时期的秘密，正如米夏的父母有太多想要隐藏的故事一样。而米夏爱上的这个女人汉娜，是有着和母亲一样年龄的神秘女人。

但是，这个神秘的女人，是米夏年少时候真正深爱的女人。尽管有所隐瞒，但这也不影响他们之间从情欲转变为爱情。米夏与汉娜一起骑着自行车去旅行，当有人说他和母亲出游时，他非常骄傲地吻了汉娜，以示他们之间是爱情。

只是，少年终会长大，米夏对汉娜心生背叛。他的背叛不是不爱，而是终究不敢承认生活中有汉娜的存在。当汉娜突然出现在米夏校园的游泳池旁的时候，米夏并没有向她奔跑过去，尽管隔得很远，汉娜还是看到了米夏眼神中出现的游离。

这一幕，与多年后的狱中相见极为相似。在入狱的二十年后，汉娜终于盼来了米夏，而米夏对她却是冰凉又疏离……然而不同的是，二十年前汉娜选择了不告而别，二十年后汉娜选择的是不告而亡。

汉娜的不告而别，米夏的成长，都成了时间里的灰烬。

两人再次相见已是八年之后，在法庭上，他们隔着人山人海，他看得到她，她看不到他。汉娜是法庭上被审判的纳粹集中营看守人，米夏是法律系的反叛大学生，两人站在历史的对立面，中间夹杂着沉重的过去，他是要控诉她在纳粹时期的罪责。在庭审中，米夏仿佛看到了那个残忍的犯罪分子汉娜，她挑选了一批又一批的犹太人送去死亡……

汉娜和她的同伴因为没有在第一时间将教堂的门打开，导致三百多名犹太人葬身火海，这是汉娜等人遭控诉的主要原因。当被问到为什么不将教堂的门打开时，汉娜回答："我们不能让她们跑了！我们对她们有责任……我们一直在看守她们，在营地，在路上。我们也蒙了，当时不知道该怎么办……"

然而，在那样的历史背景下，她别无选择，她的罪行是那个时代施加给她的。那是整个时代的错，并不是她一个人的错。以至于她在法庭上问审判长，"如果是您的话，您会怎么做呢？"审判长沉默了，不知如何回答。

她不是不想救她们，她只是不知道如何救！她没有权利！那个时代没有赋予她拯救别人的权利。她心理上的愚昧无知，让她只知道服从上级命令。

那个时候，汉娜还是个文盲，她的罪恶感很轻，她没有反省的意识。然而，当其他被告为了减轻自己的刑罚，纷纷将矛头指向汉娜，谎称汉娜就是报告的发起者时，汉娜依然不想承认自己是文盲。对照字迹，她紧张，坐立不安……最后，她直接认了罪，被判无期徒刑。

法庭上发生的这一切，都被米夏看到了。在这个过程中，米夏发现了汉娜的秘密——汉娜是一个不识字的文盲。他知道了，但是，他没有站出来。如果他站出来告诉法官，汉娜是文盲，根本不可能去写那个报告，那汉娜的罪行会被减轻，至少不用终身监禁。

但是，米夏没有。他看上去和其他人一样，对汉娜毫无所知，只是当听到宣布结果的时候，他泪流不止……

为此，米夏曾问过父亲，父亲说，“对大人来说，我绝对看不出有任何理由，可以代替别人做决定，而推翻那人自己觉得比较好的做法。”米夏继续问，“即使他们自己后来也觉得，那样做比原来更幸福，也不该强加吗？”父亲摇摇头。

米夏释然。

他的释然是他一直寻求的，他背负着与年长女人的爱恋，现在又背负着一个如此大的秘密。释然是他最想要的，他想重新回到自己的生活里，只有这样他才能继续生活下去。米夏也终于明白，他没有权利去推翻汉娜本人已经做出的决定：她愿意用终身监禁，换得隐藏自己是个文盲的秘密。

文盲的羞耻心，真的会有如此大的力量，以至于让一个人用一生的自由去隐瞒吗？但是，汉娜却接受了。在监狱里，她曾一度保持自己良好的生活习惯。对她而言，牢狱之灾并没有那么可怕，可怕的是她等待的人一直不来。是的，米夏没有来看过她。一年又一年，米夏始终没有来。汉娜突然发现，自己再也没有任何的期待。她放弃了，自暴自弃，也不爱干净。

就在汉娜服刑的第八年，她收到了米夏寄来的朗读录音磁带，这让她又激动又胆怯。米夏是激情飞扬的朗读者，汉娜是渴望读书的聆听者。这一幕，让人看到一录一听的蒙太奇电影手法，那一幕，时而喋喋不休，时而沉默寡言，看得人心碎。

直到服刑的第十二年，汉娜给米夏寄去了一张小纸条，上面写着：

小家伙，上一个故事特别好！谢谢！汉娜。

终于，她会写字了！这背后是无法想象的辛苦，是汉娜生命中姗姗来迟的喜悦，也是生不逢时的悲伤。然而，她却从未收到米夏的回信，这也是她绝望的悲伤。

汉娜最后一次收到米夏的录音磁带是在服刑的第十八年，就在那年，她的赦免申请审判下来了。他们终于再次见面，但这也意味着，汉娜的期待破灭了。这是两人在狱中的第一次相见，也是最后一次。他对她很早就不是爱情了，她身上的那种新鲜的味道，如今早已不存在。而米夏，他察觉到汉娜眼里的光在慢慢熄灭。汉娜深知，眼前的米夏已经不是曾经的少年。她自知罪孽深重，如果连米夏都对她失望、不可原谅，那世界对于她而言就没有任何意义了。

她似乎只能选择死亡，在出狱的那天。于是，汉娜选择了上吊自杀。走向死亡的时候，她脚下踩的是一本《大屠杀》，是的，大屠杀。在识字之后，她意识到自己的罪孽，她订阅所有与纳粹相关的书籍，她在教堂中听着孩子的歌声流泪，她把钱留给集中营里幸存者的女儿……她希望救赎，但她爱的人却始终没有原谅她。

无论是小说还是电影，《朗读者》都值得反复回味。

电影里，中年米夏说过一句话："只有一件事可以让灵魂完整，那就是爱。"多年之后，米夏终于去了汉娜的坟头，他打算把自己所有的秘密告诉自己的女儿……

童年，孩子似乎无法选择

我们迷恋速度、放纵欲望，却放弃了、丢失了我们人生当中非常多的可贵的品质。比如说真善美，比如说安心、安静、耐心、坚守，这些非常好的品质，就在这种快速的速度、巨大的欲望面前丢失了。

——麦家

子女教育的话题向来受人关注，就拿印度电影《摔跤吧！爸爸》来说，这部片子好评如潮的同时也饱受争议。有人就对父亲培养女儿摔跤这件事提出异议，说这是父亲为女儿做的强制决定，女儿成了为父亲圆梦的工具。似乎只要涉及子女的教育问题，无论古今中外，都是一个难以权衡的大难题。

阿谷君看过一部美国剧情片《天才少女》，讲的也是孩子的

麦家理想

ere story happens.
想，且留下。这 有故事。
爱因斯坦传

成长、教育问题，这部片子或许比《摔跤吧！爸爸》的可看性更高。电影的故事情节没有歇斯底里，人设没有绝对的好与坏，而小悬念和小感动却一直都有，平淡而吸引人。

影片的主演有出演弗兰克的好莱坞明星克里斯·埃文斯，里面的天才少女玛丽则由六岁就出道的麦肯娜·格瑞丝饰演。这个“大叔加萝莉”的组合可以说是非常养眼了。在电影里，“美国队长”克里斯·埃文斯卸下了英雄的盔甲，成了一个平凡的舅舅弗兰克，在姐姐去世后收养了姐姐的女儿玛丽。

玛丽的妈妈是一个天才数学家，因此玛丽在很小的时候就表现出了她的数学天赋。就在第一天上学的时候，玛丽在课堂上口算出了 57×135 的结果，顺口还把得数开了个方……遇到这种神童，按照一贯的做法，校方和家长都会希望把孩子送去更好的学校，但弗兰克不同意这样做，他希望玛丽能有一个普通的童年，就像其他同龄的孩子一样，而不是天天闷在屋子里做数学题。

但他毕竟只是玛丽的舅舅，甚至都没有获得正式的抚养监护权。于是，玛丽的外婆——剑桥大学数学系高才生伊芙琳出现了，她为了延续自己的天才梦找到了玛丽，希望把外孙女带到条件更好的地方。

于是，一场抚养权的争夺开始了。在这场官司上，没钱、没医疗保险、住破房子的舅舅弗兰克当然打不赢有钱、有背景、条件好的外婆伊芙琳了。所以，玛丽只能乖乖顺从外婆的安排。

在这场官司背后，我们还看到了一个悲剧角色，那就是玛丽的妈妈、数学天才少女黛安。黛安从小被母亲伊芙琳关在家里研究数学，没有娱乐，没有伙伴，没有上学，没有体育活动，没去过夏令营，同龄人有的一切她都没有。她十七岁的时候和初恋私奔，被母亲冷酷地以对方绑架的名义报警。由于从小缺乏社交，黛安毫无辨别能力，后来跟一个不负责任的男人发生了关系，怀孕生下玛丽后选择了自杀。

在法庭上，伊芙琳义正词严地说："黛安跟普通人不一样，她是十亿人里才出一个的天才，所以我对她的责任不止母女。推动人类进步的伟大发现都出自极少数人，没有他们，你们现在还在泥里爬呢！"

一个天才少女就这么被母亲伊芙琳自以为是的计划毁了，更可怕的是，伊芙琳并不认为自己有错，她的数学大计尚未完成，她还想按照自己的计划安排外孙女的人生。

阿谷君不确定现实生活中有多少这样的父母，但这样的父母是一定存在的。美国小提琴家鲁杰罗·里奇曾说，"我们应该把那些神童的父母一次性全部枪杀掉。"为什么他会说这样一句看似极端的话，值得我们深思。

央视有一部深度探讨家庭情感教育的纪录片电影《镜子》，它讲述了三个因孩子辍学而陷入困境的家庭的故事，父母们无奈将孩子送去特殊学校接受改造，最终也让自己接受了一次触及灵魂的启蒙教育。之所以取名《镜子》，是因为"孩子是家庭的一面镜子，而家庭更是社会的一面镜子”。

问题少年经常被人提及，但问题父母却少有人关注。片中的三个家庭，每个家庭的教育模式都存在着这样或那样的问题。少有父母能意识到自己教育方法的错误，他们也很少想过要去好好地了解孩子的需求。而孩子的情绪问题无疑成了一个死胡同，没有出口可以让他们倾诉。

在成长过程中，孩子最需要的是什么呢？是爱和自由。父母内心要足够强大才能适应这个快速变化的时代，才能跟上孩子的脚步，因为父母的童年是在爱的绑架中成长的，有太多这样或那样的伤害。

现今的父母是没有多少爱的能力的。他们口口声声说着为孩子好，一切都是为了孩子，然而这不过是一厢情愿地强加。在电影里，外婆伊芙琳身上呈现出了一种普遍存在的错误教育理念：只有让孩子们学有所成，取得事业上的成功，那才是教育得好。

现如今，孩子的童年被生生地剥夺了。弹钢琴弹得开心吗？做数学题做得愉快吗？没有，没有父母会这么问。父母只关心孩子今天的任务完成了吗？老师表扬了吗？还有哪个知识点不懂，周末再去找个辅导老师补补课……这样的爱太沉重了，望子成龙、望女成凤般的教育方式，就算孩子不是天才，也会被父母逼成一个天才。

电影里小姑娘玛丽在被律师问话的时候说：“舅舅弗兰克虽

然有很多臭毛病，但他是个好人，因为他在我展现天赋之前就开始照顾我爱我了。”

美国心理学家弗洛姆说：爱是一种使人和他人相联合的能力，爱使人克服了孤独和分离的感觉，允许他保持他的完整性。相互了解，才能让我们尽可能最大限度地去爱。是啊，毕竟小孩子不会在意你的收入高不高，你的房子大不大，她只知道你对她好不好，她只需要有人无功利性地爱她。

很多时候，小孩子最爱的那个人是无法替代的。玛丽最后被外婆带走的那一幕，阿谷君想到了另一部电影里的一个相似桥段。在美国电影《我是山姆》里，社会机构将小女孩露西从智障父亲身边带走，安排进环境优越的富裕家庭。然而，尽管那个家庭能给予露西极大的爱意和很好的物质条件，却无法让孩子安定。于是，小露西每夜冒险爬窗出去，穿着拖鞋走几条街回家，坚持要和智障父亲睡在一起。

回到电影《天才少女》，舅舅弗兰克和玛丽的关系就是通过爱紧密联系的。在共处的时间里，他们的关系大多数时候更像是朋友。克里斯·埃文斯在这部片子里饰演的舅舅弗兰克不再是无所不能的英雄，但就是这样一个普通人，他在教育孩子、与孩子相处的小细节上足以让他成为一个平凡人里的英雄。

阿谷君挑选了电影里三个温馨的片段与大家分享。第一个片段是一个黄昏剪影：夕阳落在海滩上，玛丽像只小猴子一样在舅舅弗兰克身上爬来爬去，甜蜜而温馨。弗兰克和玛丽在谈论信仰和生活，他说“不管怎样，我们都不会分开”。是的，最好的老师不是替孩子做判断，而是告诉孩子事实，引导孩子自己去判断。

第二个片段，玛丽看到弗兰克的老师早晨出现在家里，尴尬的弗兰克对玛丽发了火，过了一段时间来向玛丽道歉，请求原谅。玛丽问是不是因为自己让他没有了个人的私生活，这个时候弗兰克并没有直接解释，而是说了句，“我那个时候说的话就好像你之前因为我没有给你买钢琴而说我是个坏舅舅一样。”阿谷君觉得这种交流方式真是太好了，家长不一味独尊，敢于放下面子为自己的错误向孩子道歉。是的，只有及时有效地沟通，才能更好地促进与孩子的关系。

第三个片段，玛丽在得知自己的父亲并不爱她觉得被抛弃的时候，弗兰克把她带到了医院，玛丽看到了婴儿接生成功后家长们兴高采烈、热泪盈眶的样子。弗兰克对玛丽说，“你出生的时候也是那样。”是的，父母要善于用巧妙的方式去安慰孩子、鼓励孩子。

被外婆带走后玛丽和舅舅再次相见，玛丽哭着说弗兰克抛弃了她，发泄完之后，她又紧紧地抱住了弗兰克。他们之间没有距离，阿谷君觉得这或许是家长和孩子相处的最好模式吧。

在特殊的年代里，天才拥有了上天赋予的特殊能力，在那样的环境里，天才大多会选择放弃小我，去实现人类的幸福。像《解密》里的容金珍、《暗算》里的阿炳、《美丽心灵》里的纳什，这是时代赋予天才的使命，他们无力改变。然而，若是在和平安稳的年代，天才则不必一定要成为万众瞩目之人，每个人都可以拥有自己的甜美生活。

最好的教育是什么，在阿谷君看来，无非是让孩子自由地成长。让孩子自己去探索这个世界，去了解生活，去追求兴趣所在；而家长，只需要做好那个守望者就好了。

脱下天才的外衣，天才的本质也只是普通人。天赋异禀并不应该成为被剥夺快乐的理由，享受童真才是孩子该有的生活所需。平平凡凡，有人爱，活得开心快乐，这才是童年的样子。

张居正大传

马丽华散文
张中行散文
迟子建散文
张晓风散文
季羡林散文

一个童话故事，教会你如何直面人生

生和死是一个人最大的事，但没有一个人会对自己的生死留下记忆。生是一次啼哭，死是一次闭眼。生的啼哭唤醒的是别人的记忆，死的闭眼关闭的是自己的记忆。

——麦家

2017 年 5 月上映的电影都充满激情，看得人热血沸腾。唯有《当怪物来敲门》走温情路线，也是阿谷君最喜欢的一部片子。如果你喜欢蒂姆 · 波顿，喜欢《潘神的迷宫》，喜欢《少年派的奇幻漂流》，那你一定不能错过这部电影。

它不是印象中的那种“治愈系电影”，没有亲人的团聚，没有奇迹的邂逅，没有最后一分钟的拯救，更没有“从此幸福快乐地生活在一起”。男主人公也曾害怕，也曾抗拒，但从没有假装怪物不存在。看完电影，你会觉得信心满满，因为无论这个世界变得多么残酷，电影传递给你的是要足够坚强，不再畏惧，不再害怕失去。这是一部充满正能量的电影。

说了这么多，阿谷君现在来介绍一下这部影片。电影《当怪物来敲门》改编自美国作家派崔克·奈斯的小说《恶魔呼唤》，这部小说是唯一一部同时获得卡内基奖和格林纳威奖的作品，讲述了一个小男孩在怪物的帮助下成长的故事。

影片的主角小男孩康纳正在经历一段艰难的时间：母亲得了癌症，各种治疗都收效甚微；为了照顾母亲，他不得不跟生疏的外婆共处一室；离异的父亲已有了新的家庭，没有时间来陪自己；学校里更是冷漠无情，康纳成天被同学欺凌。这些让康纳的情绪处于崩溃边缘。对康纳来说，他像是被困在一个狭小的房间，四面的墙都在不断向内推挤。

在近乎绝望的灰暗里，每晚准时光临窗前的怪物成了康纳最大的精神支柱。这个怪物先后给康纳讲了三个细思恐极的黑色童话：

第一个：一个为夺取王位谋害妻子并栽赃嫁祸的王子，成了受人爱戴的明君。

第二个：一个为拯救孩子而奔走求援的牧师，却遭到审判和惩罚。

第三个：一个长期被人忽视的隐形人，因引起关注而引发了未曾预料的后果。

在妈妈病危时，康纳向怪物求救，怪物要康纳讲出第四个故事，关于康纳内心最深处的那个故事。怪物逼他到绝境，他嘶吼着终于说出了他的心里话："我想让她死去，我想放手，我想让这一切尽早结束！"

这就是真相，康纳恐惧至极的真相。说出真相后，康纳最终紧紧拥抱妈妈，他终于可以正视并放下这件他生命中最痛、最恐惧的事情。

这四个故事告诉了男孩康纳四个道理：一是人性复杂，没有绝对的好人或坏人；二是要心存信仰，放弃任何东西都不能放弃信仰；三是每个人都要面对自己的孤独，要学会适应孤独，不因他人的无视而否定自己；第四个，则是要直面内心的恐惧，不要害怕失去。

这个被怪物敲门的男孩，正是每个终将长大的我们。残酷就在那里，现实就在那里，不直面，不承认，它不会自己走开。正因为每个人都害怕失去，而又都注定要面对离别，我们才能在这部电影里找到共鸣。

每个人在生离死别面前都会支离破碎。恐惧和痛苦难以避免，但一定要勇敢地去面对和接受它。也许，我们都有过这样的纠结，一方面想逃离伤痛，另一方面又觉得自己的逃避愧对伤痛本身。怪物则告诉我们，结束痛苦其实并不可耻，我们都不必背负沉重的情感枷锁，这是人类最原始的心愿。"虽然很爱你，但终究还是要放下你了。”邂逅怪物让男孩学会了放下，他完成了痛苦的成人礼，最终治愈了自己。

当所爱之人要离开的时候，平静地坐在他身边，以最真切的柔和语气说，“我就在这里陪你，死亡是正常的事，请不要再执着生命，我无比诚恳地允许你离世，你并不孤独，你拥有我所有的爱。”这的确很难做到吧，但如果做到了，双方都能得到很大的解脱。

然而不是每个孩子都能安然步向成年的，不是每个成人都能与自己和解的。通往成人世界的路途，总是充满变数。而有些人即使成年了很久，却依然无法处理好生活上和情感上的困惑。美国电影《海边的曼彻斯特》里无法走出旧日阴影的男主角李·钱德勒，便始终无法与自己和解，看着所有人朝春天走去，把自己陷在无尽的忧伤里。他总说：“我振作不起来。”

我们都曾深陷泥沼，重要的是如何走出来。当看到电影《当怪物来敲门》的时候，阿谷君很受触动，也看淡了人生的一些事，比如生与死。长大后的我们不再关心前方还有多少艰难险阻，而关注的是前方那些美好的事物，这大概就是奇幻历险、温情治愈类电影带给我们的意义吧。

唯有对内心真相的承认才能真正让自己解脱，尽管接下来需要面对的现实依然很残酷。选择放手，不是胆小，不是懦弱，更不是罪恶，放手其实是一种救赎。

揭开社会深藏的秘密，只需八分钟

时代确实非常地喧嚣，这个时代确实是惯性非常巨大，把很多人卷走了。但没有被卷走的人其实也有。

——麦家

有部动画短片引起了阿谷君的注意。短片时长八分钟不到，全程没有一句台词，上映后却获得一百一十七个奖项提名，最终斩获六十四项大奖。是的，阿谷君说的正是《相似》。这部短片来源于两位西班牙导演初为人父的体验和触动，孩子颠覆了他们对这个世界的认知。

人生来都是“有颜色”的，只是在长大的过程中，慢慢从孩提时的“多彩”变成了成人世界千篇一律的“灰色”。我们活得越来越像一个模板，在这条路上，和其他人一样地上学、毕业、踏入职场、成了房奴……渐渐失去自己的颜色。

西班牙动画《相似》的故事发人深思，短片里没有什么高深的道理，展现的只是我们普普通通的生活。在繁忙的都市生活中，爸爸 Copi 一直试图用“正确”的方式教儿子 Paste 学习、生活……但谁又能说得好，属于每个人的正确人生路会是什么呢？

父子俩的一天从爸爸为儿子整理书包开始。那么多本书，被装进了儿子小小的书包。爸爸装书的时候，儿子在一旁跑跑闹闹，张开双臂开心地快要飞起来。然而，就在爸爸将装好的书包背在儿子的身上，儿子被从天而降的书包一下子压倒在地上。

这个场景每天都在无数个家庭上演着。虽然被书包压得踉踉跄跄，但此时的小家伙依然很兴奋。接下来父子俩出门了。他们来到了一个灰白色的世界，所有人都在忙碌地奔波着，行色匆匆，他们的脸上没有任何表情，死气沉沉。唯一例外的是一个在草坪上拉小提琴的人。绿色的草坪，红色的树叶，忘我地拉着小提琴的人，在这个灰白色的世界里显得格外突兀。

小家伙这下可看呆了，甚至还激动地模仿起拉琴人的姿势“演奏”了起来。就在这时，爸爸把书包递了过来。虽然不情愿，别无选择的小家伙还是乖乖地去上学了。

课上，老师要求大家抄写英文字母。可是，小家伙把路上看到的拉琴人画了上去，还兴奋地把它交给了老师。他本以为会受到表扬，结果，老师要求他重新抄写，并提醒他：“老师叫你干什么，你就得干什么，你得和大家一样，做同样的事，不要自己异想天开地乱画。”

小家伙在抄写英文字母开始变得和大家一样的时候，身上的颜色也开始慢慢变淡。短片在这个细节处做得非常用心。而另一边，永远做不完的工作，每天机械麻木的重复，也在一点点地将爸爸身上的颜色褪去。唯一能让他恢复本色的，是下班接儿子两人相拥的那一刻。只是当看到儿子“不务正业”画的画时，还是皱起了眉头。小家伙想得到夸奖的愿望再次落空，这一幕会让很多人想起自己小时候吧？满心欢喜地期待着表扬和鼓励，结果等来的却是委屈和失望。

日子一天又一天地重复着，儿子依然对拉琴人充满好奇，然后再被爸爸无情地拉着去上学。而爸爸也继续干着他那机械的工作。

终于有一天，小家伙依然像短片开头那样张开了双臂，只是，这一次他不是“飞翔”，而是老老实实地等着爸爸为他背上书包。他屈服了，就像是一个“折翼的天使”。小家伙的脑袋耷拉着，而爸爸的反应，则是感到非常的意外。但他并没有过多关注儿子的这一转变，还是像往常一样把书包给儿子背上。

随后的几天里，爸爸发现儿子一天天变得不开心。直到一次无意中翻开了儿子的作业本，才发现了儿子转变的原因。认真思考过后，爸爸决定带儿子去看那位拉琴人。可让他们没想到的是，拉琴人已经不在了。

短片里没有交代拉琴人究竟去哪了，也许，他也变成了灰色世界里某一张没有表情的冷漠面孔。

看到失望的儿子，爸爸做了一个伟大的决定：他站在了拉琴人曾经站着的位置，开始“拉琴”给儿子看……

短片讲的就是这样一个看似平常而简单的故事，但它背后的含义是深刻而严肃的：人的创造力遭到扼杀。

对世界充满好奇的儿子最终被我们的教育系统塑造成了一个“学习的机器”，只会一遍又一遍地重复抄写 ABCD。而父亲也在千篇一律的工作中失去了自己的追求和梦想，变成了一台“工作的机器”。而且，连唯一一位敢于坚持自我、敢于和周围世界对抗的拉琴者，最终也不得不屈服于现实，被同化后匿迹于茫茫人海之中。

人们似乎都被生活磨去了棱角，磨去了激情和勇气，变得浑浑噩噩，变得死气沉沉。

短片讲述的父子故事，在我们的现实生活中随处可见，在我们每个人身上都投下了影子。这部短片之所以这么火，是因为看过的人都有共鸣。我们被繁忙的工作、快节奏的生活磨去了激情和梦想，在加班后的深夜倒头就睡，在狂欢后的空虚中寂寞失眠。就像短片里的人一样，褪去了自己身上的颜色，忘了自己是谁。

我们试着找回曾经的自己，找回最初的梦想和激情。如果你发觉自己正在被生活褪去颜色，而又不甘于此，那么不妨像短片里的父亲一样，勇敢一点，去做一个“拉琴者”。这样不仅突破了自己，对别人或许也是一种帮助，传递出正能量。

就像短片里的儿子，因为父亲“拉琴”的举动，眼睛里又亮起了希望。

丧钟由大家一起敲响，也为每个人敲响

我们总是在自我戕害，文明有文明的法则，愚昧有愚昧的枷锁；明的，暗的，先进的，落后的，人类自我制造悲剧的能力，和我们改造世界的能力一样发达。我不相信天堂，我相信地狱；也许人世就是个地狱，因为人类总是不相信眼泪。

——麦家

有一部小说震动了整个台湾，是的，就是台湾女作家林奕含的《房思琪的初恋乐园》。小说讲述了花季少女房思琪被补习班老师性侵最终发疯的故事，发人深思。

曾有记者采访作者林奕含，问小说的原型是否就是她自己，林奕含眼里带着泪花否认了。阿谷君在网上看过林奕含接受采访的视频，林奕含徐徐道来，眼里看不到一丝愤懑。但是，听着她

的话语，一字一句，让人觉得像夜色里的暗影，把那仅剩的一点光亮都吞噬了。

林奕含说，人类历史上最大规模的屠杀，是房思琪式的强暴，而房思琪的悲剧，不是她一个人的悲剧，丧钟是大家一起敲响的。采访结束后的第八天，也就是 2017 年 4 月 27 日，林奕含心中的最后一根稻草被压垮，她在台北的家里上吊自杀，年仅二十六岁。

没有一种悲剧，世人能感同身受

《房思琪的初恋乐园》是林奕含出版的唯一一部小说，媒体纷纷猜测小说的原型，而直到她死后，人们才开始了解小说背后发生的一切。

一切的根源，都来自林奕含十三岁时遭补习班名师性侵的经历。然而，父母当时并没有做出上诉。为什么父母做了这个决定，他们考虑了很多：举证困难，女儿被老师洗脑“这就是爱你”，法庭质询会让精神已经受创的女儿再次受到创伤，保护女儿的名誉……

只是，林奕含的人生从此被改写。她考入台北医学大学医学系，两周后便因抑郁症病情恶化而休学。2012 年重新考进国立政治大学中国文学系，但在大学三年级时又因同样原因休学。

林奕含一直没有把自己的痛苦说出来。在之前的一次采访中，林奕含说过这样的话："父母对我不理解，失去健康、亲情、爱情、友情，一无所有，很痛苦很痛苦。"她的心理医生说她像是经历过集中营生活的人。纳粹集中营曾发生过人类历史上最大规模的屠杀，给幸存者留下了不可磨灭的心理创伤。但是，林奕含说人类历史上最大规模的屠杀是房思琪式的强暴。

生前，林奕含没有承认房思琪的原型就是自己，我们完全可以理解，她的内心是痛苦而无奈。在小说里，有这样一句触目惊心的话："他选择硬插进来，而我要为此道歉。"她最终没能走出这个梦魇，也没能与痛苦和解。

"当你在阅读中遇到痛苦和不舒服，希望你不要认为'幸好是一部小说'而放下她，我希望你能与思琪感同身受。"林奕含的父母发声明，当年的受害者还有其他几名女生，希望这些女生能受到保护，不要再成为第二个房思琪。

可现实是，还有千千万万个房思琪。性侵犯是社会放任并每天都在发生的"屠杀"，而所有无视或指责受害者的人，都成了谋杀"房思琪"的帮凶，也是结束一个个年轻生命的那根白绫。

再温情的帮助，也抵御不了现实的残酷

这样残酷的现实，正如韩国那部感动无数人的电影《素媛》，一部根据真实故事改编的电影。电影的主角叫素媛，是一个八岁的小女孩。小素媛生活在一个普通的家庭中，爸爸在工厂上班，

妈妈怀孕经营着家里的文具店。素媛有一个玩得比较好的小伙伴，他叫荣植……也许素媛的人生会在这样普普通通的生活中度过，然而，所有的一切都被一个下雨天毁了。

那天下着雨，小素媛像往常一样去上学，只是荣植没有等她。妈妈嘱咐素媛要走大路，不要走小路，素媛听从了，而命运也就在这时发生了巨变……彼时荣植已经冒雨跑进了学校，而就在离学校不到二十米的马路上，一个穿着邋遢的中年男人挡住了小素媛的去路，“你的伞真好看啊！”男人胡茬儿满面，诡异笑道，“能跟叔叔一起撑伞吗？”

善良的素媛不忍眼前的陌生人被大雨淋湿，也就是她的单纯善良，让她接下来经历了一场地狱般的噩梦。学校旁边的工地里，一把坏掉的黄伞孤独地躺在地上被雨滴拍打，阴暗脏乱的仓库里，一只血淋淋的小手颤抖着拨打了粉色的儿童手机……

事情发生之后，媒体不顾素媛一家的感受，反而开始大肆渲染。而本是受害者的素媛一家，一时间也成了周身污秽的耻辱之人。他们除了要遭受他人的异样眼光，就连在医院也要四处躲闪……

电影里有这样一幕：小素媛躺在医院的病床上，在挣扎中逐渐失去力气，她开始喘不过气来，此时的爸爸才意识到自己犯了一个多大的错误，他摇头后退，嘴里呢喃着“不是，不是这样的……”可是，小素媛已经听不到他说的话，直直地挺在床上。医生们冲了进来进行急救，素媛的爸爸蹲在外面，无助地将头抵在墙上……

然而，即使如此残酷，电影还是给我们带来了一丝温暖和感动。邻居小男孩荣植自责地大哭，后悔当初没有陪素媛一起上学；小素媛出院回家，看到家门口上贴满了同学们的课堂笔记和祝福……

再到后来，小素媛猜出卡通人物是爸爸扮演的时，她摘下爸爸的面具，心疼地为满头大汗的爸爸擦汗。在遭遇噩梦之后，素媛变得疏远男性，也包括自己的爸爸，到后来，她开始慢慢接受自己的爸爸。这也是电影最感人的一幕。

电影的最后，小素媛的弟弟来到了这个世界，起名叫“素望”。小素媛微笑着，拿着自己做的纸飞机和玩具躺在弟弟身边。“你能来到这个世界真的太好了。”小素媛说。

电影的结局众说纷纭，有人说素媛选择了坚强地活着，也有人说素媛对弟弟说出的那句话就是她自杀的前兆。影片给人留下了悬念，阿谷君是希望素媛坚强地生活下去的，因为深爱她的人，依旧深爱她。然而，现实生活却残酷得多，小女孩的命运也更加悲惨。真实世界里的素媛，在十六岁生日的时候选择了自杀，告别了这个世界……

丧钟为谁而鸣？林奕含、小素媛的经历无疑是一场悲剧，然而也只是冰山一角，我们的社会有太多太多这样的悲剧。太多太多的“房思琪”“素媛”，她们已经遭受了巨大的伤害，之后还要

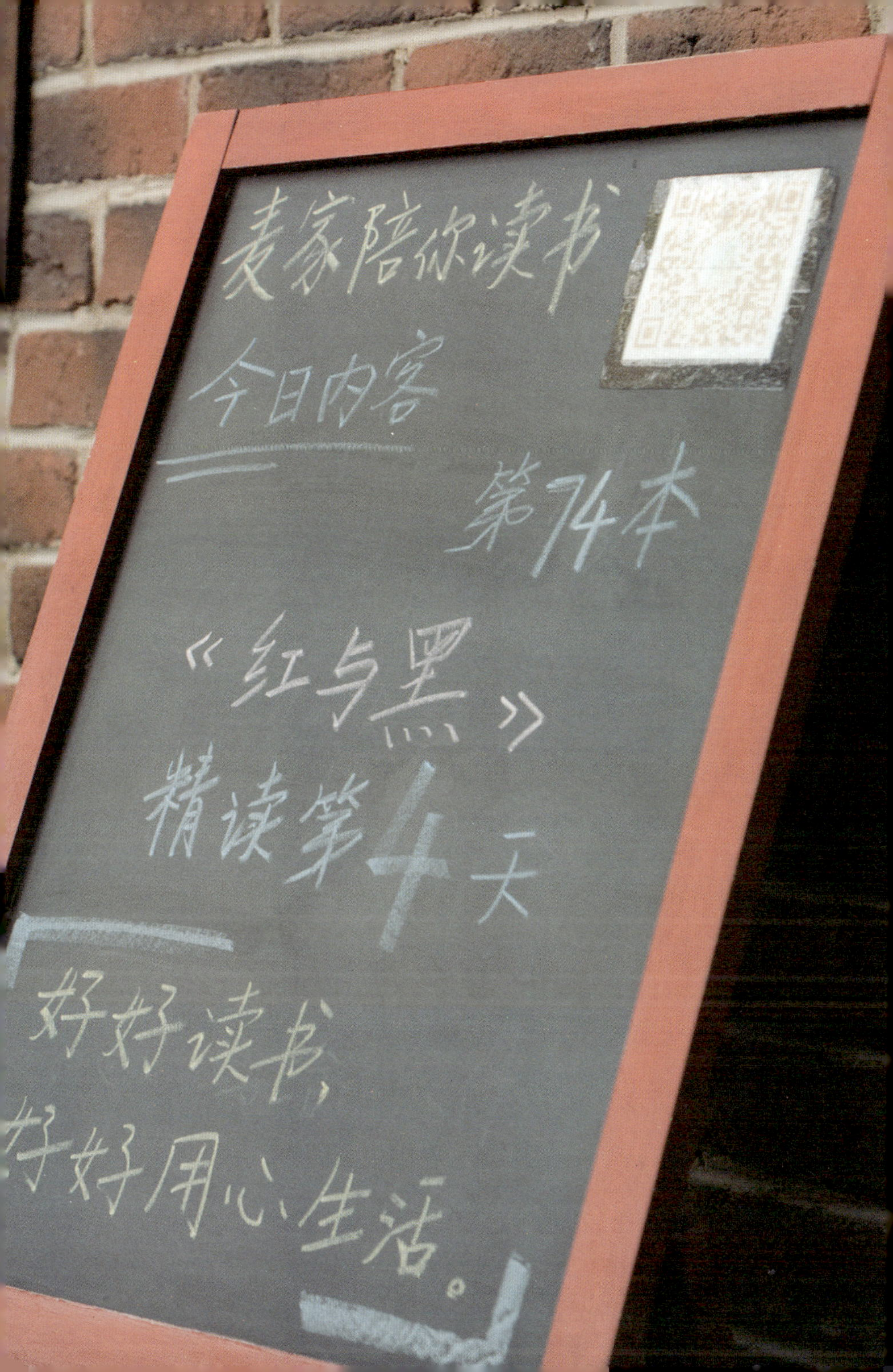
麦家陪你读书
今日内容
第74本
《红与黑》
精读第4天
好好读书，
好好用心生活。

再次面对陌生人的冷漠甚至恶意。这些“二次伤害”，很多时候是真正压垮她们的最后一根稻草。

在遭受不幸之后，她们曾坚强地想要生活下去，也正如《素媛》里的一句台词，“最孤独的人最亲切，最难过的人笑得最灿烂，这是因为，他们不想让其他人遭受同样的痛苦。”

然而，坚强也有脆弱的时候，在经受嘲讽之后，那层用爱筑就的坚强之墙，开始一点一点地剥落，悄然无声，却鲜血淋淋，触目惊心。

而这样的悲剧，是属于每一个人的。因为，没有一个悲剧是一个人的悲剧，丧钟是大家一起敲响的，丧钟也为每个人敲响。

比肉体侵犯更可怕的是精神歧视

改变一个人有时候就是一句话，一夜之间，一念之间。

——麦家

老了难，老了唱歌真的难

天上落雨路又滑，自己跌倒自己爬

自己忧愁自己解，自流眼泪自抹干……

2017 年 8 月 14 日，纪录电影《二十二》在中国上映，这是中国首部获得公映许可的“慰安妇纪录片”。影片片名正是幸存老人的数量，从 32 到 22，再到 8，最终也将变成 0。关于这段历史，其残酷程度是我们无法想象的，纪录片给了我们一个了解真相的机会。

她，曾两次被抓进慰安所；她，从韩国被骗至中国；她，十六岁时被日本兵抓入据点；她，是已知的亚洲唯一沦为性奴隶的抗日女战士幸存者；她们，足足有二十万个不同的名字；她们，却有着一个共同的身份——“慰安妇”。

日军侵华期间，在中国强征了二十万“慰安妇”。2013 年，在中国存活的仅有三十二人，导演郭柯将其拍成了短片《三十二》；2015 年，当郭柯准备把短片拍成纪录长片时，却只剩下了二十二人；2017 年，纪录电影《二十二》在中国上映时，中国在世的“慰安妇”老人仅剩下八人。

有人说，她们在等日本人道歉，日本人在等她们死去。这是一场注定没有结果的奢望，因为她们已没有时间去等下一个两年。这冷酷的社会，还欠所有受害者一句道歉。这样的精神歧视，远比肉体侵犯来得更可怕。

最椎心的疼痛，来自最亲近的人

纪录片里有一位名叫韦绍兰的老人，今年（2017 年）九十七岁。当年她被鬼子抓去关了三个月，没日没夜地受折磨，后来趁鬼子不注意逃了出来。本以为噩梦会结束，却不曾想到日后要面对的是长达几十年的悲剧：自己的女儿在暴虐中死去，而她却怀上了日本人的孩子，丈夫不愿再接受她。后来，她只能和她“中日混血”的光棍儿子相依为命，儿子七十岁了还没娶亲，只因没人愿意把自家女儿嫁给一个“日本人”……

当年她逃回家中，丈夫冷冰冰地说了一句：“你到外面去学坏，我以为你不晓得回来呢！”那一刻，仿佛有一桶刺骨的冷水，将她从头浇到脚。丈夫的不接受，街坊邻居的异样眼光，韦绍兰想过要结束自己的生命。只是，肚子里无辜的生命唤起了她的不忍，让她选择苟且偷生。这个大难不死的孩子自降生后从未感受过世界的善意，他饱受冷言冷语，被村里人戳脊梁骨，被人喊小日本……

她做错了什么？明明是无辜的受害者，却要被人指着鼻子骂。日本人囚禁了她三个月，身边人却软禁了她七十年。日本人给了她一个身份污点，身边人却用歧视和嘲讽，将这个污点无限放大。

作家麦家的短篇小说《两位富阳姑娘》也讲述了女性悲惨命运的故事。一个女孩在参军入伍体检时被检出处女膜破裂，以此为由被遣送回家。组织说她“作风不良”，战友喊她“破鞋”，就连父亲也恨不得打死她才解气。身边人的歧视和不信任让女孩生不如死，最终，她选择了自杀的方式来证明自己的清白。然而，验尸结果却让众人大跌眼镜——女孩的处女膜完好无损，只因体检结果“认错了人”。就这样，一场“误会”葬送了一条如花似玉的生命。

可是，体检结果顶多导致女孩不能入伍，是什么让她选择了不归路？是的，是众人鄙视的眼光，是父母不理解的打骂，是精神歧视的恶魔。于是，这些精神歧视“成功”了，成功地逼这个女孩用最惨烈的方式去证明自己的清白。社会沦丧，人情冷漠，才是真正的罪魁祸首。

最残忍的真相，是人们只相信自己想相信的

金庸武侠小说《神雕侠侣》中，杨过和小龙女修习玉女心经时为防止走火入魔褪尽衣衫，不料被全真教道士尹志平和赵志敬撞见，掀起了一场大风波。

> 妙啊，原来她在这里偷汉子。
>
> 尹师弟，你的意中人在这里跟旁人干那无耻的勾当，你与其杀我，还不如杀他！
>
> 人言道古墓派是姑娘派，向来传女不传男，个个是冰清玉洁的处女，却原来污秽不堪，暗中收藏男童，幕天席地干这调调儿！

作为全真教弟子，本该清心寡欲，却满口污言秽语。原本清清白白的两人，愣是被他们冠上伤风败俗的帽子，传遍整个江湖。而世上有太多赵志敬这样的人，表面一派道貌岸然，其实内心卑鄙龌龊，令人发指。他们不辨是非黑白，拿天理伦常当挡箭牌，站在道德的制高点评判他人是非。

无独有偶，金庸武侠小说《笑傲江湖》中被淫贼田伯光拐走

的小师妹仪琳，费尽千辛万苦脱离魔爪，等来的却是师父定逸陡然变色的一句，“是仪琳？快给我滚进来！”“师父”两字一出口，仪琳突然哇的一声，哭了出来。定逸沉着脸道，“你做……你做的好事，怎地回来了？”明明是险被摧残的受害者，得令狐冲搭救毫发无伤归来，却好似丢尽了师父的面子，让她在江湖人面前抬不起头来。是不是她死了，反倒能得到师父一句不痛不痒的称赞？而事情的真相是什么，她到底经历了什么，做师父的一点都不想知道。

人们只相信自己看到的冰山一角，并在此基础上大肆品评，仿佛自己窥探到了什么了不得的惊天大秘密。更可悲的是，这样的人大有人在，打着“替天行道”的幌子，干着“精神歧视”的勾当，充当着直刺心灵的那把匕首。

最大的悲剧，是好人的过度沉默

还记得小说《房思琪的初恋乐园》的作者林奕含吗？那个温婉有才情的女子，却选择了以最决绝的方式离开这个世界。年幼遭到老师性侵，却一直缄默无言。直到死后，她的父母才坦承小说的主人公其实就是她自己。

小说中写道：她发现社会对性的禁忌感太方便了，强暴了一个女生，全世界都觉得是她自己的错，连她都觉得是自己的错。马丁·路德·金说：“最大的悲剧不是坏人的嚣张，而是好人的过度沉默。主犯虽只有一个，若受害人选择沉默，帮凶则会成千上万，纷至沓来。”

韩国电影《素媛》里，主人公小女孩素媛因不忍陌生叔叔被雨淋，将自己陷入危险。破旧的工地，残破的黄伞，凄厉的雨滴，脏乱的仓库，血淋淋的小手拨打着粉色的儿童手机……无一不表明小素媛遭受的非人虐待。而让人痛心的是，悲剧发生后，无良媒体大肆渲染，受害家庭心如死灰，反而变成了周身污秽之人，被钉在耻辱柱上。善良被邪恶利用，温情被残忍侵蚀。于是，饱受摧残的小素媛只能哽咽地问出那句——“我做错什么了吗？”

然而，破坏了孩子纯真幻想的人们，把人心搞得猥琐不堪的人们，又做对了什么呢？残酷的经历固然令人窒息，但更可怕的，是来自无知者的猜疑和知情者的歧视。只要一个眼神，就能让她们陷入不堪回首的旋涡，挣脱不得。

最深的有色眼镜，是扭曲的人性

夜跑女子被害，网上“大晚上穿那么少，还不是故意引人犯罪！”的言论甚嚣尘上；阿廖沙性侵事件，也有人说出“大家都经历过潜规则，却只有你选择说出来，炒作！”的言论。

阿谷君不禁想问，这个社会，人的差别到底有多大？网络社会，谁都可以发表自己的观点，但这种观点是肆意的，是完全不负责任的。流言猛如虎，这种精神歧视，在不知不觉中早已埋下了罪恶的种子，助长着坏人的人格扭曲。这种精神歧视，藏在每个不经意流露却极度伤人的“本能反应”里。

这种歧视，是鲁迅笔下祥林嫂用打拼一年的工钱捐门槛赎罪，却换来四婶一句慌忙的“你放着罢，祥林嫂！”仿佛她是不干净的瘟神一般；这种歧视，是表面不介意衣衫褴褛的乞丐向你讨水，却暗地里将他用过的杯子消毒了一遍又一遍；这种歧视，是嘴上安慰着说这不是你的错，回家却告诫自家孩子不许再跟那个“不干净的女孩”一起玩……

地狱空荡荡，恶魔在人间。这种站在道德制高点上的歧视，很多时候比犯罪来得要更残忍。苏轼说：“世事一场大梦，人生几度新凉。”劫难过来的人，再回来已是槁木死灰。是东野圭吾《白夜行》中的女主人公雪穗，是韩剧《想你》中的女主角李秀妍，是千千万万遭遇不幸的如花少女。一次伤害，足以让她们的世界天崩地裂。

难以启齿的遭遇最恐怖，饱受摧残却不被理解的痛苦才最残忍。“这世上唯有太阳和人心不可直视。”我们能做的，是让自己保有善良，不要给恶意的人可乘之机，更不要让他们去伤害原本已经遍体鳞伤的受害者！

恶意在伺机而动，而你永远都无法隔着一张或老实或敦厚或“正义”的面孔揣测到他说出的话到底有多恶，他蔑视的眼神到底有多残酷！因为你永远无法想象，精神歧视对受害者而言其实就是谋杀！

撤退，成就了生命的意义

生命是最大的，在生命面前你可以理直气壮地放下一切，别无选择。

——麦家

漆黑的夜无边无际，当无数船只出现在海面上时，阿谷君终于明白电影《敦刻尔克》海报上那句话的意义：当四十万人无法回家，家为你而来。

有人说，相比导演克里斯托弗·诺兰以往的杰作，如《盗梦空间》《记忆碎片》，《敦刻尔克》显得有些欠火候。是的，这部电影没有多余的台词，没有华丽的特效，只是平静地讲述了战争时代最不平静的故事——敦刻尔克大撤退。故事本身足够悲壮动人，因此用不着靠特技来加分。

1939 年 9 月 1 日凌晨，德国对波兰发起了闪击战，二战自此爆发。二十七天后，德军占领华沙，波兰陷落。随后，德军直逼英吉利海峡，将四十万英法联军围困在法国北部的狭小地带，仅剩只有万名居民的小港敦刻尔克这条海上退路。

故事，就从这里开始。

无论处境有多艰难，都不要轻易放弃希望

影片开头，英国陆军士兵汤米在炮火下艰难地逃出了邻镇，不想却与数万士兵困于敦刻尔克海滩，听天由命。他们一次又一次试图登船逃离，却一次又一次被敌机阻断生路。码头不断被炸毁，战友也接连地死去。当你看到士兵用破旧的枪支向空中庞大的敌机开火时，你便会明白什么叫“病急乱投医”。

当经历九死一生的士兵们终于登船、吃着面包庆祝灾难已过时，一枚鱼雷无情地袭击了他们。于是，他们张皇失措，他们哭天抢地，他们走投无路，他们重返地狱。

什么是绝望？就是明明知道家就在对岸，但你却过不去；就是明明看到胜利已经触手可及，却在你想要触摸它的那一刻化作泡沫、碎裂一地。

当他们藏进搁浅的轮船、大气也不敢出地等待涨潮时，等来的却是敌军玩闹般的射击。船将沉没，落魄混入英军的法国士兵便首当其冲，成为被驱逐的目标。见此情景，汤米极力反对，“这

11
ALL FREE

Touch Book,
Touch Heart.

不公平，他没有杀任何人，只是和我们一样想活下去。”

船身千疮百孔，水流如注，他们放下了恩怨和芥蒂，用身体堵住弹孔，换取一线生机。幸运的是，历经了无数次生死考验，他们终于等来了救援。

看着远方缓缓驶来的救援船只，年轻的水军官兵问长官，“那是什么？”长官静静地说，“祖国。”随即热泪盈眶。

“嘿，你是哪儿的？”

“我是埃文郡的。”

被解救的小伙子们相互寒暄着，就像和平年代里刚刚结识的新朋友。他们不知道这次痛苦经历的历史意义是什么，如今的他们，只是一群被炮火和子弹吓坏了的年轻人，他们需要家的温暖。

面对来自德军的防不胜防的鱼雷和空袭，他们满脸都写着恐惧和张皇。但无论处境有多艰难，他们始终没有放弃希望。战争很残酷，哀鸿遍野，血流漂杵，但战争也让我们看到了最有力量的人心。

没有人能感同身受，每个人都感同身受

英国皇家空军战斗机飞行员法瑞尔，在先后失去两架僚机、油表碎裂油量未知的危险处境下，依然掉转回程的航向，为还在海滩上的战友击落了最后一架德军战机。最后，飞机燃油耗尽，他只能滑翔降落在海滩上。随即，他点燃了陪自己并肩作战的飞

机，平静地接受德军的俘虏。肩负的使命已经完成，剩下的一切都不再可怕，包括被俘，抑或死亡。

僚机之一的飞行员柯林斯，遭遇袭击后无奈地迫降到海面上，却怎么也打不开逃生的机盖。生死存亡之际，濒临窒息的前一刻，救兵来了。老船长的儿子彼得无数次提醒父亲，“他没有用降落伞！他迫降了！他可能已经死了！你若贸然开船过去，很可能发生事故。”老船长却一脸坚定，“我听到了！但他很可能还活着！”

他是英雄，是值得尊敬的英雄。哪怕只有一线生机，也不能放过。老船长的坚持救了柯林斯，或者说，是柯林斯的伟大无私救了他自己。

到达火车站后，一位士兵不屑地对穿着空军制服的柯林斯说“你们空军干吗了？”面对死伤无数的惨状，柯林斯无力反驳。耳边却传来老船长会心的鼓励，“船上的人会记得你们的付出。”

是啊，没经历过空战的陆军，如何能对空军的不易感同身受？这世界上，本就没有真正的感同身受。

上火车之前，很多人跑来给士兵们赠送食物。一位白发苍苍的老人，认真地摸了摸每一位劫难归来的战士的头发，并安慰道，“做得好，干得漂亮！”士兵不解，“我们只是逃生了而已。”老人说，“那也可以。”不求你们打胜仗，不求你们为国捐躯，在如此险恶的环境中，只希望你们能平安归来，因为没有什么比生命更重要。

火车即将到站，士兵们惴惴不安，他们害怕“懦夫”的骂名，害怕无情的口水。但这些都没有，有的只是颤巍巍的老人，以及向他们递过来的两瓶啤酒。原来，在灾难面前，在生死面前，每个人都感同身受。

因为经历过战争的残酷，所以懂得生命的可贵。因为看到伤亡的惨烈，所以明白军人的伟大。

你要坚守，活着的意义

当英国民用船船长道森得知大批英国军人被困敦刻尔克不能回家时，他拉上小儿子彼得和儿子的朋友乔治，自告奋勇开着小船去营救同胞。

前往敦刻尔克的路上，道森救起了一名英国海军士兵。士兵乘坐的 U 型潜艇被击沉，因此他害怕重返敦刻尔克，重返生死未卜的战争现场。老船长深表理解，他对儿子说，“如果你也挨过炸弹，你也会变成这样。所以，帮他重新倒一杯茶吧。”

惊魂未定的士兵在争执中失手将乔治推到地上，导致乔治头部血流如注。士兵很自责，一连几次前来询问，“那个孩子会好起来吗？”最后一次来问时，彼得看了眼地板上已气绝多时的好友，撒下了善意的谎言，“会的。”没有怨恨，没有不甘，只有理解，只有宽容。

一路上，老船长救了很多在海水中挣扎的士兵，而士兵们上船后的第一句话赫然是“我们让你们失望了吗？”那神情、那语气，令人动容，潸然泪下。他们做错了什么？打了败仗吗？懦弱撤退吗？其实无论成败，能活着回来，已经是最好的结局了。

四十万士兵滞留在敦刻尔克，对此，英国首相丘吉尔最初下达的命令是：力争撤离三万人。这也就意味着，将会有几十万人陷入孤立无援的境地，任人宰割。但你能想象，最后共撤离了多少人吗？三十三万五千人，仅用时一个星期。

军用舰队无法登岸，民用船只便自愿出动；四十万人无法回家，家便来海洋对岸找你。当海面上驶来浩浩荡荡的民用船只时，阿谷君看到了这部电影最动人的画面。

“这不是一部关于战争的电影，而是关于生存。”导演在接受采访时，把这句话重复了超过二十遍。“我们要时刻准备着另一种袭击的到来，我们要用高涨的信心去迎接下一场战斗，我们要保护我们的岛屿，在山地战斗，在田野战斗！”

电影《敦刻尔克》的整体性布局无疑是成功的，当然，也有人说电影暴露了一部悬疑灾难片的最大软肋：既不够紧张，也不够震撼。然而，就是这样一部在别人眼中不够刺激的电影，却让阿谷君看到了生命的意义。

盟军最高统帅艾森·豪威尔曾说：“那些在战争中报效国家而幸存下来的人们还清清楚楚地记得，他们浴血沙场是为了免遭敌人的蹂躏。”真正的战争，没有那么多英雄主义，更多的是小人物的无力与悲壮。战场就是炼狱，而生命是那么卑微，每个人都想逃离敦刻尔克，但不是每个人都成功了。

而活下来的人，唯一有意义的事情，就是要知道为什么而活！

图书在版编目（CIP）数据

遇见更好的自己 / 周佳骏，黄双双著. -- 北京：北京十月文艺出版社，2019.5

ISBN 978-7-5302-1903-4

Ⅰ. ①遇… Ⅱ. ①周… ②黄… Ⅲ. ①散文集 - 中国 - 当代 Ⅳ. ①I267

中国版本图书馆 CIP 数据核字（2018）第 275010 号

遇见更好的自己
YUJIAN GENGHAO DE ZIJI
周佳骏 黄双双 著

出　　版　北京出版集团公司
　　　　　北京十月文艺出版社
地　　址　北京北三环中路 6 号
邮　　编　100120
网　　址　www.bph.com.cn
发　　行　新经典发行有限公司
　　　　　电话（010）68423599
经　　销　新华书店
印　　刷　北京盛通印刷股份有限公司
版　　次　2019 年 5 月第 1 版
　　　　　2019 年 5 月第 1 次印刷
开　　本　850 毫米 ×1168 毫米　1/32
印　　张　8.75
字　　数　120 千字
书　　号　ISBN 978-7-5302-1903-4
定　　价　52.00 元
质量监督电话　010-58572393
如有印装质量问题，由本社负责调换。